新潮文庫

春になったら苺を摘みに

梨木香歩著

春になったら苺を摘みに　目次

カバー撮影　星野道夫
写真提供　星野道夫事務所

春になったら苺《いちご》を摘《つ》みに

ジョーのこと

英国に半年間滞在するための家を探していたが、現地で二十日間ほどあれこれ迷ったあげく結局サリー州に住むことに落ち着いた。サリー州はロンドンの南、サウス・ダウンズと呼ばれる緩やかな丘陵地帯に位置する。南海岸の保養地、ブライトンへ続く幹線がほぼ中央を通っているので、今まで見知っていた北部イングランドの空気とは違う、どこか明るく開放的な南の空気が街道の彼方《かなた》から漂ってくるようだった。自然の質も、また少し違った。他の州に比べてナショナルトラストの所有地が多いせいもあるのだろうか、家の庭に訪れる赤ギツネや小鳥の種類も多様だった。キッチンの窓から見えるほの暗い茂みにはミソサザイが棲《す》んでいた。ちょろちょろと藪《やぶ》の中を駆け回りあちらこちらから顔を出し、気が向くと長い美しい歌声を聞かせてくれる。庭にピーナッツを撒《ま》くと、大慌《おおあわ》てで二匹のリスがやってきて、ものすごい勢いで芝生を掘り返し、あちらこちらにピーナッツを埋め込む。お尻《しり》を高く挙げて無我夢中で掘り込む様子がいじらしい。そのようすを少し離れたクッキングアップルの木の上から見ていたマグパイ（カラスの仲間）が、すかさずやってきて、リスが埋め込んだ場所を記憶しており（当のリスよりも正確に）、嘴《くちばし》でほじくり出す。次から次へと埋め込む作業に夢中になっているリスはマグパイにすぐには気が付かない。それでもいつか気が付く。呆然《ぼうぜん》と二本足で立ちつくす。だがマグパイの方が獰猛《どうもう》なので、どう抗議していいものか分からない。マグパイもその辺のことはよく分かっているので厚かましく出る。やはり、ここは。決心したリスはマグパイに抗議に近寄る。マグパイはふわりと大きく飛びあがり後ずさりする。飛び去ったりはしない。気弱な方のリスは（個体差があり、一方は比較的気が強い）すぐにあきらめて、おお、そうであった、大事な仕事を失念しておった、というふうに突然気持ちを切り替え再びピーナッツ埋めに精を出す。気の強い方はマグパイが気になってしかたがない。

そんなことを毎日新鮮に繰り返していた。だんだんに赤ギツネやイングリッシュロビンなどの気心も知れて、引っ越しのざわついた気分もようやく少し一段落した頃、二十年前学生時代を過ごしたS・ワーデンのウェスト夫人の下宿を訪ねることにした。S・ワーデンはケンブリッジにほど近い、ロンドンの真北に位置する町なので、その真南にあたる今の家からはロンドンの中心地を挟んでほぼ直線上にある。荷物も多いので車を使う。地図でみるとロンドンの真ん中を突っ切るのが一番早いのだけれど、考えただけでも疲れてしまう（一度試みにこのルートを通ろうとして五時間以上かかった）。それでロンドンの周縁をぐるりと回っている大環状線（サリー州にもたっぷりかかっているので、私の借りた家もこの環状線の内側に入る。だからこの環状線に乗るにはいったんロンドンに背を向けて南に走らねばならない。距離的には遠回りに見える）、高速道路M25を使うがそれでも二時間はかかる。ブライトン街道をまっすぐ南へ降り、M25と交差するところでイーストバウンドに乗る。東回りを北へ。途中ケント州にかかる。緑の濃さ、牛や羊の多さ、丘陵の美しさを楽しむ。やがてまた都会の外れに入り、テムズの下を抜け、M11に合流して更に北上すると、途端に風景はのどかになる。ケント州のように見るからに田園といった風情《ふぜい》はないけれど、ジャガイモやら麦やらの畑、それからまだ何も植えられていない赤黒い畑、それらがハシバミやニワトコのヘッジで区切られながら緩やかな起伏を見せている。そのヘッジが厚くなって森のようになっているところも。

懐《なつ》かしいエセックスに入ったのだ。

もともと、もっと南の、ミルンの『クマのプーさん』で有名な森に隣接する、シュタイナーの教師養成学校に入りたくて、まず英語が分かるようにならなければと、二十年前、語学学校のはしりであったS・ワーデンにあるカレッジに入学した。そこを選んだのは創立者の人柄に惹《ひ》かれてだった。それがそもそもの始まりだった。

しかしその学校もすっかり様変わりして今は往時の面影もないと聞いていた。この二十年で親しくしていた人々ともだんだんに連絡が取れなくなっていった。明らかに亡《な》くなった人々が四人、それから所在の知れない人が一人。


ジョーに会ったのは、いったん帰国して大学を卒業するなどして数年後、再び英国に滞在したときのことだった。十四年ほど前のことだ。ジョーは当時、地元のグラマースクールの教師をしていて、たまたま同じウェスト夫人の下宿に住んでいた。彼女はバッキンガムの生まれで、両親、祖父母、伯父叔母という大家族に育った。家族のほとんどが聴覚に障碍《しょうがい》を持つ人たちで、手話や読唇術《どくしんじゅつ》を日常のコミュニケーションの手段としている。大人数だが話し声のほとんどない、静かな家庭だった。

――だから、学校に入って一番びっくりしたのはあらゆる声が一斉に回りから降ってきたとき。私は声のする方角へリスのように首を回して必死でその唇を読もうとしたの。ほとんどパニック寸前よ。

おそらく自分の生い立ちについて説明するとき、何度も繰り返した話だったのだろう。彼女のしゃべり口にはよどみがなく、聞き手の反応を窺《うかが》おうとする気配もなかった。

普段は快活で楽しく有能な女性で、相手の目をじっと見つめて対話するので、軽い緊張感で場は昂揚《こうよう》し、リフレッシュされ皆気持ち良くなるのだった。彼女とは、話題にしたがる内容も興味の赴くところも似ていることが多く、夕食の後、キッチンのテーブルで話し込むこともよくあった。やがて二人とも神学を専攻していたということがわかってからは、もっとはっきりとお互いの気質の中に似通ったものを認め合っていたように思う。

外向的にも充分すぎるくらいそつなくやっていた彼女が、自分のことを話すときに限っては、前述のように、いつも目を逸《そ》らして独り言のように「叙述」する。感情を交えずに、てきぱきと、報告書でも読み上げるように。相手の共感をそもそも諦《あきら》めたところから始める語り口。こういう話し方も私は知っていた。

私はウェスト夫人から、ジョーが「信じられないくらいドラマティックな出来事ばかり起こる」タイプの女性で、十代の頃ボーイフレンドたちとのドライブの途中、車が事故に遭いボーイフレンドを含む三人は死亡、彼女だけ奇跡的に助かった話を聞いていた。それから次のボーイフレンドが、知り合ってまもなく彼女の小切手帳を盗んでベトナムへ旅行に行き、一年以上音信不通なこと。そのボーイフレンドはもともと正常とはいえないところがあった人で、ジョーと知り合う前、母親の小切手帳を盗み全財産を使い果たした上、ある喧嘩《けんか》に巻き込まれ刺されて死んだことになっていた。警官をしていた彼の兄が遺体を彼のものと認めたのだ。だがそれは誤りで、三年後、彼は母親の家の玄関に何食わぬ顔をして現れ、「ハロー、マム」と言った。カリフォルニアに行っていたのだそうだ。

それもこれもウェスト夫人からの又聞きで、ジョーは自分の口からその事件についていて話そうとはしなかったし、私も聞こうとしなかった。それでも何かの機会にぽろっと漏らすひと言やそれに対する私の反応などで、彼女は私がそのことを知っているということは知っていた。

彼女は勤め先のグラマースクールの副校長とうまくいかず、帰るといつもそのことでためいきをついていた。私もウェスト夫人もその日一日の話を聞いては一緒にその副校長に憤慨していたものだ。が、そういういつも彼女に否定的な評価を下す副校長の存在にもかかわらず、彼女がその年、生徒会主催の校内教師人気ランキングの一位になったときは、三人で祝杯をあげた。ウェスト夫人は副校長の住まいの方角に向かって鼻を鳴らした。

私はそのころ世話になっていた先生の子どものベビーシッターを時々引き受けることがあった。六歳のジェイミを頭に、金髪碧眼《へきがん》の、天使を絵に描いたような三人の男の子たちは同時に信じられないくらいやんちゃで、彼らの相手は楽しかったが、帰って来た私はよほど疲れてみえたのか、ジョーはじっと見つめるなり「お茶をいれてあげるわね」と私をキッチンに誘い、「子どもを静かに夢中にさせる遊び」を教えよう、と身を乗り出した。彼女はボーイスカウトのカブ隊のようなところで指導していた経験があるのだといった。その遊びというのは結局日本で言うところの「だるまさんが転んだ」式のものだった。ジョーはいつでも真剣で、トラブルを抱えている（と彼女が判断した）人には全力で向き合うのだった。全力で相手を現在の苦境から救おうとするのだ。しかし整理整頓《せいとん》には無頓着だったし、人間以外のものにはさして関心は持っていなかったように思う。

——K・・、このゼラニウムを見て。

と、二度目の下宿を始めて間もない頃、ウェスト夫人がリビングの窓辺にずらりと並べられたゼラニウムの鉢を嬉《うれ》しそうに指し示したことがあった。

実は「ゼラニウム」は私とウェスト夫人との密《ひそ》かなジョークの種だった。このときから六年前、私が彼女の家で初めての冬を過ごしたとき、彼女はクウェーカー仲間の一人から「爆発的にゼラニウムを増やす方法」というのを聞いてきて、嬉々《きき》としてそれに取り組んでいた。育苗《いくびょう》用の小さい鉢をいっぱい用意してカットしたゼラニウムをどんどん挿して冬越しさせるのだ。一株が二十倍ぐらいに増える。冬越しの場所は私の部屋の窓辺に決定された。一番陽当たりがよかったのだ。何しろ彼女はこのプロジェクトがうまくいくかどうかわくわくしているので、委託管理をすっかり任された私は責任重大で毎日毎日律儀《りちぎ》に水をやり続けた。けれど苗はどんどんどんどん萎《しお》れていく。私は申し訳なさで身の細る思い。とうとう最後の一鉢もだめになったとき、私たちはすっかり意気消沈した。

――二十鉢もあったのに。

彼女の嘆く声を聞くたびに私はつらかった。期待が大きかっただけに彼女はよほどやるせなかったのか客が来るたびにそのことを愚痴るので、私はついに彼女に改まった声で（と彼女は当時のことを思いだしていつも言う）――ウェスト夫人、もうそのことについて言及するのはやめてください。それは私の感情をひどく傷つけます、と当時読んでいた十九世紀家庭小説風の言い回しで言った。彼女は鳩《はと》が豆鉄砲食らったような顔をして目を丸くしていたが、次の瞬間大きく吹き出し目に涙をためて笑いながら――私が悪かった……悪かったわ、と息も絶え絶えに言った。――あなただって楽しみにしていたんですものね。それからゼラニウムという言葉が出てくると、彼女はいつも目配せして、大仰に口を閉じてみせ、必死で笑いをこらえる顔をするのだ。オールドファッションの英語でぎこちなく言ったのがよほどおかしかったのだろう。しかしその年、彼女の家には見事なゼラニウムが幾鉢も並べられていた。

——とうとう成功したの？

私の声は、だからそのとき少し興奮していたに違いない。

——ジョーよ。私がアメリカに帰っている間、彼女に世話を頼んでいたの。帰ったらもうみんな生き生き。

——ジョーってすごい。こんな才能もあるのね。

私はあんまり感激したので、ちょうどそのときリビングにやってきたジョーを褒めちぎった。私には自分のできないことができる人をやみくもに尊敬する癖がある。

——で、どうやったの。

私は興味津々《しんしん》でご教示願った。

——そうね、それをきいてなかったわ。

ウェスト夫人も同じ表情で彼女を見つめる。ジョーは困った顔をしていたが、

——何もやってないのよ……。

――え？

――何も、なーんにもやってないの。一回も水をやらなかったの。

――まさか。

ジョーは正直に、

――何が起こったのか、わからない。

その理由は何日か後にわかった。挿し芽で冬越しさせるゼラニウムには水をやってはいけなかったのだ。

――謎《なぞ》が解けるってすっきりするものね。

私たちはうなずきあった。

そういうふうに日々何かしら話題があり、食事時には誰かが何かを作り誰かがそれにプラスアルファし、誰かが皿を片づける。

――なんてピースフルで静かで思いやりに満ちた美しい生活。完璧《かんぺき》なトライアングル。

ウェスト夫人は時々満足そうに呟《つぶや》くのだった。

英国の秋、木々の紅葉の色が深まりつつあった頃だと思う。帰った私を待ちかねたように、ウェスト夫人が捕まえて、今、ジョーに誰から連絡があったと思う？　ときいた。

その一週間ほど前、ジョーの敬愛していた伯父が亡くなり、ジョーはバッキンガムに帰っていた。ジョーが誰よりも慕っていた、かつて同居していた伯父である。ジョーからそのことを知らされたとき、私には慰める言葉もなく、思わず、

――本当に、あなたにはドラマティックなことばかり……。

と呟いて、その無神経な響きに慌《あわ》てて口をつぐんだ。彼女の過去について初めて私が言及した言葉がこれであったとは。今でもこのときのことを思い出すたび、そのとき私を包んだ後悔が鮮やかにフラッシュバックする。

ジョーは目を伏せて力なく自嘲《じちょう》気味に言った。――本当にね。

その疲れた微笑《ほほえ》みが私の胸をえぐった。皮肉の一つでも言ってくれた方がずっとましだったのに。そういえばジョーは英国人特有の皮肉とか、ブラックユーモアとかをまったく言わない人だった。生徒の集団を前にしたときのように、とてつもなく外向的になるか、人を寄せつけないほど自分自身に沈み込むか、どちらかだった。英国人の形容によく使われる、シャイなどという中途半端《はんぱ》な態度は、まだまだ精神的に余裕

のある証拠なのだろう。彼女にシャイという形容は甘すぎて似つかわしくなかった。

とまれ、ウェスト夫人のその抑えてもわかる興奮ぶりに、私は、

——え？ まさか……あの……ベトナムの……

——そう！ 彼よ！

ウェスト夫人はもう我慢できないというふうに力を込めて言った。

なんという激しい人生だろう。小説を超えている、と私たちは息を潜めるようにしてジョーの帰宅を待った。

バッキンガムから帰ってきたジョーは、どういうわけだったかすでにそのことを知っており、彼がもうすぐここに来ると私たちに告げた。そして、

——しばらく行くところが決まるまで。

彼を自分の部屋に泊めても良いか、とウェスト夫人に頼み、夫人はちょっとためらったものの、困った人は見過ごしにできない性格の彼女は思った通り引き受けたのだった。

彼はエイドリアンといい、イギリスの生まれだが、前述した母親もすでに亡かった。

彼とジョーがどういうふうに知り合ったのかなどということも私は聞かずじまいだっ

た。

とにかく、ジョーはもちろん手放しで喜んでいるようには見えず、かといってパニックになっているわけでも、成り行きにうんざりしているというふうでもなかった。何かとてもシリアスなことが起こっているという態度だった。

夕方、私が帰ってくると、リビングにがっしりとした体格のブロンドの男性が座っていた。ジョーがエイドリアンだと紹介した。いつも友だちを紹介するときと違ってジョーはナーバスに見えた。体の半分が考えに沈んでいるようだった。

エイドリアンは人懐《ひとなつ》こい笑顔で――ハイ、といった。私はその場から動こうとせず――ハイ、と反射的な笑顔をつくった。何かが、ケタ外れに親密だった。私は少し警戒していたのかもしれない。リビングはエイドリアンの気配でいっぱいになっていた。エイドリアンの目にはどこか、必死でしがみついている人の静かな熱狂があった。私はちょっとたまらずにリビングを辞した。

キッチンではウェスト夫人が、

――エイドリアンに会った？　思ったより、知的なんで驚いたわ。

と私を見ていった。私は、

――よくわからない。でもフレンドリーな人ね。

と応じた。

それからジョーはほとんどいつもエイドリアンと行動を共にしていた。ジョーが学校に行っている間は、エイドリアンは遅く起き出した後、パブに行き、ジョーの帰りを待った。それから二人でキッチンを占領して油をいっぱい使い、オーブンをフル稼《か》働《どう》させた料理をつくるのだった。彼らがキッチンを使い出すと私とウェスト夫人は這々《ほうほう》の体でリビングに逃げ出し、私は本を読み、ウェスト夫人は縫い物をし、彼らが階上に上がるのをひたすら待った。ジョーの好みの料理でないことはまちがいなかった。

その日の午後、ケンブリッジからジョナサンがお茶にきた。私は彼とは初めてだったが、彼がいつもいろんなことに夢中になる好奇心いっぱいの学究の徒だということはきいていた。その当時たまたま日本に興味を持っていたらしく、ウェスト夫人の所に私が帰ってきていると知ってやってきたのだった。

玄関ドアの高さをフルに使って入ってきた彼は、もしゃもしゃのダークヘアで、黒い瞳《ひとみ》がおもしろそうにきらきら輝いていた。見上げる私に少し背をかがめ加減にして自己紹介したあと、一瞬の間を取った。こういうときは、女性が先に握手の手を出すのだと、昔ウェスト夫人に教わったことがある。女性の許諾を待つ中世の騎士道の名残なのだろう。こちらが手を出そうとする瞬間、待っている相手はその気配を察して相手に恥をかかせまいとすかさず素早く手を差し出すので、結果的には中間地点で友好的な挨拶《あいさつ》が成立するわけだ。さりげなくすればするほど早撃ちのガンマンを思い出して楽しくなる。そのときもそういう握手をしながら、そういえばエイドリアンとはこんなふうな気脈の通じ合いのようなものはなかったな、とぼんやりと思った。

それからすぐに玄関ドアが開き、エイドリアンとジョーが外出から帰ってきた。ウェスト夫人は立って行ってお茶を勧め、彼らも入ってきた。

会話は最初からぎくしゃくしていた。ジョナサンが何を言ってもエイドリアンは辛《しん》辣《らつ》な反駁《はんばく》を返すのだ。エイドリアンの目は据わっていた。最初は辛抱していたジョナサンも、風貌《ふうぼう》からして熱血漢であることは間違いないので、とうとう堪忍袋《かんにんぶくろ》の緒を切らし、後はもう、あまりにもアグレッシブで異様な会話が続いた。ジョーもできるだけ二人を、というよりもエイドリアンを鎮《しず》めようと、短い、冷静なコメントを挟むのだが焼け石に水だった。摑《つか》みかからんばかりの勢いになってジョナサンは、

――いいか、僕は今日は日本の話をしようと思ってやってきた。それがこんな言い

争いになってしまってとても残念だ。わざわざ日本からやってきたご婦人の前で。彼女にとてもすまなく思っている。とても、とても、残念だ。

と言い残して足音も荒く帰っていった。

ジョーは私たちと目を合わせず、エイドリアンを連れて部屋を出ていった。

ウェスト夫人はもともとあまりジョナサンを好いていなかったので、彼が帰ったことに未練はなく、

――すごかったわねえ。

と、目を丸くして呟いた。

――エイドリアンがあんなに論客だとは。そういえば彼はいつもガーディアン紙を手にしているわ。

とウェスト夫人はちょっとした発見のように言った。

そういうことではない、と私は言った。私にはあまりにも早すぎて会話の内容に完全についていけたわけではないけれど、明らかにエイドリアンの論理の立て方はおかしかった。あれはディベイトで相手に勝つための方便で、それに終始していた。とてもお茶のときの会話じゃなかった。

――エイドリアンはボーダーを越えたところにいるような気がする、私はそういい

きって、ウェスト夫人は、K・・にしては珍しい、そんなふうに人のことを言うなんて、と憮然《ぶぜん》とした。

晩秋から初冬に移り変わろうとしていたある日、私はある作家を訪ねるための支度をしていた。その二、三日前、ケンブリッジで魔が差したように黒いフェルト地のスペイン風の帽子を買っていたので、それに合わせて黒くて細い畝《うね》のコーデュロイの、まるで中世の宣教師のような服を着た。こういう服装を私は昔好んでいた、というよりこういう類《たぐ》いの、マニッシュでもなければフェミニンでもない、若者でも年配のものでもない、いわば社会的な帰属を明らかにしないような服より他には着ることができなかったのだ。

けれど意識してごく常識的な服を着るように努めた結果、当時だんだんそれができるようになっていた(と思う)が、会いに行く相手が相手だったので、そのときはつい、何というか、気が弛《ゆる》んだのだった。

その日、ウェスト夫人に車で送ってもらう手筈《てはず》になっていたので、私は彼女を捜しにキッチンのドアを開けた。その途端、エイドリアンの叫び声が上がった。

――僕、それ、気に入った!

そのときの私の、まるでボヘミアンのような格好が彼の内的な何かに呼応したのだろう。彼の頰は紅潮し、瞳にあの熱狂が映っていた。

ジョーと私は一瞬見つめ合った。

私たちは口に出さなかったが、このときのエイドリアンの異様な興奮ぶりに、おそらく同じことを感じ取っていたのだと思う。

……こういう嗜好《しこう》は私たちの中に確かにある、けれど私たちはお互いの知らないそれぞれの思春期を通して、注意深くそれをコントロールしてきたよね、それがあくまでも趣味の領域をでないように、そうだったでしょう？　こんなにも無防備に、それに——つまり無所属というようなことに——激しく感応するセンサーは、何か不吉な方向性をもっているのではない？

私が日本に帰る日は近づいており、ウェスト夫人は私が親しくしている人々を招いてパーティを開いた。その中にはあのやんちゃでかわいらしいジェイミたちもいて、彼らが到着するやいなや、ジョーは私に、あの子たちね、と目で訊《き》いてきた。私は笑ってうなずいた。

その瞬間からパーティの間中ずっと、ジョーは見事な統率力で彼らを率い、夢中にさせ、かつ大人たちのじゃまにならないようにふるまわせたのだった。しかもそれがすべてゲームの一部であるかのように巧みに演出しながら。

その後日本に帰国してからしばらくして、ウェスト夫人からの表裏ぎっしり書かれた便箋《びんせん》十枚以上になる緊迫した手紙が届いた。

そこには、実はエイドリアンはインドで結婚していたこと、彼《か》の地に置いてきた妻子があったこと、それからほとんど犯罪のようなことをしてきたことなどが書かれていた。偶然エイドリアンがいないときにかかってきた電話で、彼女たちはそのことを知ったのだそうだが、ジョーは深く考え込むばかり、泣きも怒りもしないのだ、ジョーがそうであるかぎり私には何もできないし、とりあえず彼女と私は腫《は》れ物にでも触るようにして彼と暮らしている、とウェスト夫人は綴《つづ》っていた。

私はジョーのことを思い胸が痛んだ。何か力になることをしたいと思い、そういう手紙を書きたかった。だが下手にわかったふうなことは書きたくないし書けなかった。内面に抵触するようなことは本能的に書きたくなかったのだ。それで自然に、——ジョー　ジョージョー、と題したまるでガールスカウトの応援歌のようなものをカードに書きつらねた。

……みんながあなたのことをどれだけ愛しているか、明るいジョー、誠実なジョー、あなたはいつだって何にだってギブアップしなかった……。

それからまた十日ほど経《た》ってウェスト夫人から返事がきた。

——……あなたからきたジョーがエイドリアンへの手紙をうっかりキッチンのテーブルの上に置いていたのです。そこへ、ジョーがエイドリアンといっしょに帰ってきた。するとエイドリアンはあなたの手紙をすっと取って部屋に引き上げてしまいました。私がこの一件をあなたに手紙で知らせたということはジョーも知っていたので、私たちは文字通り真っ青になりました。あなたの手紙がそのことに言及していることは明らかだと思って……。私たちが彼の過去を知っているということは彼は知らないのです。背筋にぞっと冷たいものが走り、ジョーはまるで死刑の宣告を受けたかのような顔をして、部屋に戻りました。

私はキッチンの椅子《いす》に座り、フィンガークロス（何かを願うとき人差し指と中指を交差させる）して待ちました。やがてジョーが下りてきて、あなたからの手紙を渡し、こういいました。——私が部屋に入ったとき彼はベッドにひっくり返って手紙の封を破って読んでいたの、そして鼻歌混じりで私に返して、誕生日でもないのにこんなカードを送るなんて、K・・も変わっているって、いったわ。K・・には知恵がある、ってあなたはいつもいってたけれど、今日ほど彼女のそれが本物だと思ったことはなかった。

私は手紙に書く適切な言葉が思いつかなかっただけだったのでそのほめ言葉は当たっていなかったが、そのときのあの家の緊張は手に取るように感じられた。

それから、ウェスト夫人が居間に置いていたバッグから小切手帳が消えていたこと、慌《あわ》てて銀行に行くとエイドリアンらしき人物がそれを使って換金しようとしていたことがわかったこと。小さな町なので懇意の銀行員が不審に思い、助かったこと……。まただ、と私は思った。小切手帳、小切手帳、小切手帳。エイドリアンは人生の早い時期に、甘えのきく人間のそれを使うことを学んだに違いなかった。自分を訴えるのに躊躇《ちゅうちょ》するような人間。母親、恋人、そして今度はウェスト夫人。

ウェスト夫人は自宅の鍵《かぎ》にも住所と名前を書いているくらいに徹底して人の悪意に疎《うと》いところがあるのだが、今回の処置の早さは彼女にしては異例のものだった。エイドリアンはそれからふらりと出ていったきり、帰ってこず、ジョーも彼と一緒になるために下宿を出たらしい。

――学校も彼女のキャリアも全《すべ》て捨てて。もっと良い職場から招請があったのにそれも棒に振って。私が反対すると、でも、彼は、私がいなければ、精神病院か刑務所かどちらかしか行く場所がないって真剣な顔をして言うのです。もちろん、精神病院は病を治すところで、刑務所は罪を償うところ。全然違うけれど、彼の場合は……。ねえK・・、人はあんなにも他人に献身的になれるものかしら。

それは普段のウェスト夫人にこそ言いたい言葉だったが、私はそれでずっとジョーに言いたくて、けれどそれを言うと領域侵犯になるような気がして言えなかった言葉を思い出した。

――ねえ、ジョー、私はもう、救世主願望は持たないことにしている。

もし私がそういったとしたら、ジョーはきっと、一瞬体の動きの全てを止めて私を見つめるだろう。それからこういうに違いなかった。

――そうね、それは賢いわ。けれど人間にはどこまでも巻き込まれていこう、と意志する権利もあるのよ。

あれから十四年たった。ジョーの生き方を云々《うんぬん》できるような人生を、私は送ってこなかった。ジョーの行方は未《いま》だ知れない。

車が高速を降り、最初のラウンドアバウトをぐるりと時計回りに左に出て、それから真っすぐ標識の通りに走ると、やがて教会の尖塔《せんとう》が見えてくる。突然家々が現れ、町が始まる。

車を家の前に止め、小道を歩いていき、ドアのベルを押すとすぐにドアを開ける。いつものように鍵はかかっていない。玄関に足を踏み入れると、キッチンのドアがばたんと開いた。チキンの焼けるにおいとラジオのクラシックFMの音と共に、ウェスト夫人が満面の笑みで両手を広げて飛び出してきた。

——ハイ、ディア……。

何もかも変わっていない、と思った。

後ろに長身の青年がにこにこしながら立っていた。ウェスト夫人は私の肩に両腕を回したまま後ろを一瞥《いちべつ》し、紹介するように、

——ジェイミよ。そろそろ親から独立したいって、うちに下宿を始めたの。小さい頃から家族みたいに知っているのに、これが独立になるのかしらねえ。

ウェスト夫人はおもしろそうに耳元で囁《ささや》いた。あの腕白天使のジェイミだった。なるほど十四年が経ったのだった。

王様になったアダ

ウェスト夫人のキッチンの窓からは、スイカズラやアイビーが絡《から》まる生け垣を通して、サリーの家のサンルームが見える。

サリーは真っ白の髪とブルーグレイの瞳《ひとみ》が美しいアイリッシュで、長年パブリックスクールの数学の教師をしていたが、私が知り合った頃はすでに引退してアムネスティや反核運動などに忙しく走り回る毎日だった。文学にも造詣《ぞうけい》が深く、二十年前の当時も私にアイルランドの作家や詩人の本をよく貸してくれては彼らのどういうところが素晴らしいか、夢見る瞳で滔々《とうとう》と述べるのだった。彼女を介して私はイエイツが好きになっていった。

彼女が唯一《ゆいいつ》認めている英国の作家がシェイクスピアで、BBCでロイヤル・シェイクスピア・カンパニーが演《や》る夜は必ず彼女の家に呼ばれていっしょに観《み》たものだ。ウェスト夫人の家にもテレビぐらいあったのだが、不肖の弟子がきちんと観劇しているところを確認せずにはいられなかったのだろうか。近くで劇があるときは必ず誘ってくれたし、シェイクスピア漬けになった私が、――ルック（見て）というべきところを、——ビィホウルド（見よ）とつい言ってしまったときは、白い顔をぱっと紅潮させ大喜びで笑った。

そのように彼女は、多少アイルランド贔屓《びいき》のところがあったにしても、異人種（私のような）に対する差別意識はまったくといっていいほどなかった。だから、ウェスト夫人がナイジェリアからの来客のために部屋を貸してくれと頼んだときの彼女の反応は、決して人種偏見によるものではなかった。

そのナイジェリアン・ファミリーは、ウェスト夫人を頼って、町にある、Fスクールと呼ばれるパブリックスクールに子どもたちを通わせていた。そこは寄宿学校で、週末や祝日には生徒たちは保護者のもとへ帰る。ウェスト夫人の家はそのファミリーの英国での拠点のようになっていたのだ。

ウェスト夫人自身、このファミリーがいかに尊大でプライドがありすぎるか、しょっちゅう愚痴を言っていたし、人の好意を当たり前としか受け取れず、人のものは自分のもの、自分のものは自分のもの、という人たちなのだ、と嘆くのだが、彼女の嘆きはどこか身内としてのそれのようでもあった。

ナイジェリアンたちの武勇伝は後を絶たなかった。

その頃はその姉妹の三番目か四番目の、ローラという女の子がFスクールにいた（彼女は後に、ある数学の試験で全英一位になり、ケンブリッジ大学に進んだ。ナイジェリアンたちのプライドはもともと何か理由あるものなのだろう）。

私の入るすぐ前にも、ローラは下宿していた女の子に徹底してつらく当たった。例えば、――悪いわね、でもあなたの持っているカセットレコーダーを貸していただけないかしら、と慇懃《いんぎん》無礼に見下したようにいうので、その子はびっくりして思わずうなずいたが、考えてみればそのカセットレコーダーは部屋の外へ持ち出されたことがなかった。なぜ彼女がそれを持っていることがローラにわかったのか。

――彼女が留守の時に、部屋に入って家探ししたのよ。たまたま彼女はそのとき部屋をひどい状態で散らかしたまま外出していたの。ローラは二重の意味で、つまり、自分はあのひどい部屋の有様を見たわよ、という嫌みと、盗まなくったって彼女の持ち物ぐらい自分が自由にできるんだ、という傲慢《ごうまん》さを押し通すことで彼女に屈辱を与えようとしたのよ。

――でも、どうしてそこまで？

――彼女たちは白人が嫌いなのよ。彼女たちはスクールでも白人の友だちは一人もできなかった。連れてくるのは黒人の友人だけ。このあいだも長女のイヤビがオックスフォードから友だちを四人連れてきた。いつもの通り彼女らはリビングルームで彼女らだけの世界に入っていて、私はキッチンで彼女たちのために昼食をつくっていたの、そしたら急にイヤビはキッチンのドアを開けて、「これからケンブリッジに行くから車を出してちょうだい、今すぐに」っていうの。「でも、昼食を……」「今すぐよ」「でも、私の小さい車にどうやってあなた方五人のせていくの?」「行くのよ」結局、私のミニにはとても乗りきれないことがわかって、腹を立てて出ていってしまったわ。あの人たちは私のことを白人のメイドかナニーとしか思ってないのよ。建前では「イングリッシュマミー」と呼んでるけど。

——私は時々自分に言い聞かせるのよ。自分の国が(ウェスト夫人はもともと米国で生まれた)彼らの人種にしてきたひどいことの、これは償いの一つなんだってね。

もちろん、ウェスト夫人は彼らからお金をとろうなんて少しも思っていないし、彼らもまた、一銭だって払おうとしなかった。すべてはウェスト夫人の「古い知り合い」だから、という好意からだったのだが。

もともとサリーに限らず、ウェスト夫人の近所は揃《そろ》って隣人愛にあふれた人が多く、家に客があふれてベッドが足りなくなったときなど、誰かが喜んで自分の家の客間を提供するのだが、このナイジェリアン・ファミリーに限っては、みんなさっと顔色を変えて、――残念だけれどそれはできないわ、と短く言い放ち、大急ぎで話題を変えてしまうのだった。

ローラたちの父親はアダという名で、当時は世界を飛び歩いている裕福なビジネスマンだったが、ウェスト夫人が離婚前（今から四十年ほど前だ）、ヨークシャにいた頃はまだ大学に通っていた。

アダと彼の夫人ディディは、両方とも誇り高い部族の首長の家に生まれた。何人もの召使いにかしずかれていた暮らしだ。そこではウェスト夫人曰《いわ》く「ユーモアの欠片《かけら》もなく、長子は特に厳しく、上に立つものとして下のものに甘く見られないように振る舞うよう」躾《しつ》けられるのが伝統だった。

二人とも英国のヨークシャにある大学に進み、赤ん坊が生まれたが、勉学に専念するため預かってくれるクリスチャンホームを探していた。

――最初は貧しい学生たちなんだと思ったのよ、教会で話を聞いたときは。それで、うちの子どもたちに、黒人の赤ちゃん、預かる？ってきいたら、みんな目を輝かせて、わあい、赤ん坊が来る、ってそりゃ喜ぶの。

ウェスト夫人には三人の子どもがあり、上二人が女の子でアンディとサラ、一番下がビルという男の子だ。ビルはまだ幼く、それまで黒人に出会ったことがなかった。英国の冬の夕暮れは早く、外から帰ってきて真っすぐリビングルームに飛び込んだビルは、暗がりにアダと彼の弟がすわっているのを見つけた。途端に火がついたように泣き叫んでパニックになった。ドラゴンなどの絵本を読むのが大好きで、豊かな物語の世界を自分の中に育《はぐく》んでいた彼は、その二人が彼の物語世界から追いかけてきた影の使者のように見えたのだ。

けれど、それからしばらくして到着した生まれて間もない黒人の赤ちゃんに彼は夢中になった。

――イヤビがどんなに愛くるしくてかわいらしかったか。あの大きな目といったら。あの子を連れて外へでるたびにみんなが立ち止まって感嘆したものよ。ヨークシャの田舎の町でしょう。当時はまだ黒人なんか見たこともない、って人が多かったのよ。あの子に会った人はだれでも微笑《ほほえ》まずにはいられなかった。あの子はみんなを幸せにしたわ。この写真を見て。

彼女が差し出す昔の写真にはどれもくるくると大きな澄んだ瞳をした人形のような

黒人の女の子が顔いっぱい笑顔にして写っていた。

——三年間、一番かわいかった時期、私たちのところであの子は過ごしたの。ビルなんかはどこへ行くにもあの子を連れて行きたがって……。隣人のR夫人は人種差別主義者で有名だったんだけれど、それがあの子に会ってからころりと変わったの。もう、どこかへいくたびにあの子に何か買ってくるようになって……。あの偏見で凝り固まっていたR夫人が、うちへくるとまず、あの子を探すようになったほどよ。

——これはアンディとサラのバレエのチュチュを欲しがったんで、あの子にも同じものをつくってやったときの写真。この大まじめな顔を見て。

写真には六歳ぐらいのアンディ、三歳ぐらいのサラ、歩き始めたばかりのイヤビが両腕を高く上げて同じポーズをとっている。黒い肌に白いチュチュが鮮やかに映えて絵のようだ。

——でも、あの子の両親がアフリカに帰る日が近づいて、あの子は私たちの手元から離されたの。大声で泣いて、マミーって私に両手を伸ばして……私はとても耐えられなかった。あの子はものごころついてから黒人を見たことがなかったから、迎えに来た彼らにすごく怯《おび》えて……どんなにショックだったことか。彼らはとても厳格な育てられ方をしていて、自分たちの子どもにも笑いかけることすらしなかった。いわんやカドル（抱きしめる）なんてとんでもない。ところがあの子は、どこを向いても笑顔とカドル、愛情でいっぱいの暮らしをしてきたのよ。それが突然見慣れない厳しい顔つきの黒い人々の中に放り込まれて……最初にされたことは、髪をいくつものパーツに分けられてキリキリ涙が出るほど引っ張られて編み込みを作られたこと。それから一ヶ月後、まだ、アフリカへ帰る前だったのね、通りで偶然あの子たちが歩いているのを見かけたの。あの子も目ざとく私たちを見つけて、その途端ものすごい勢いで道の反対側から走ってきた、マミーって、目に涙をいっぱい浮かべて叫んで……。

　このくだりになるとウェスト夫人はいつも涙ぐむ。私もここの部分を想像するたびに、イヤビの全《すべ》ての非礼や意地悪をきれいさっぱり許してあげる気になる。

　離婚後、ウェスト夫人は三人の子どもたちの教育のためにこの町に移り住んだ。ここにクウェーカー教徒の運営するFスクールがあるからだ（ウェスト夫人は熱心なクウェーカー教徒である）。

　離婚から十二年後、ウェスト夫人はアダから連絡を受けた。イヤビに英国の教育を受けさせたいから、里親になってくれという。ウェスト夫人はもちろん二つ返事で引き受けた。

　――結局のところ、アダは私がヨークシャで一番幸せだった頃に知り合った人で、その変わったところも含めて私にとってのその時代の象徴だったのね。彼は私が離婚したと知っても変わらずに私に連絡を取ってくれた。それが少し、私を感動させたのよ。

Fスクールは全寮制だが週末とかバンクホリデーには休みになる。外国から来ている学生はそうしょっちゅう帰るわけにもいかないので、ガーディアンと呼ばれる里親が必要になる。久しぶりで会うイヤビを、ウェスト夫人はどんなに胸をワクワクさせて待ったことだろう。が、イヤビにとって、幼い頃の別離の体験はウェスト夫人が考えるよりもっと深刻だったのかもしれない。

——あの子はまったく変わっていた。にこりともしないの。私たちのことも全然覚えていなかった。いつも頭をつんとそびやかして、私に話しかけるのは、用事を言いつけるときだけ。ビルはあの子が小さかったときそりゃかわいがっていたから、たまたまS・ワーデンに帰ってきたとき（彼は今ニューヨークに住んでいる）、あの子を車でヨークシャまで連れていったの。五時間のドライブの間、あの子はなんとひと言もビルに口をきかなかったのよ。ビルは帰ってきて、そのことを話し、「でもわかるような気がするよ」と真面目《まじめ》な顔で付け加えたわ。

——イヤビは、アフリカへ行ってすぐ、生きていくためにあなた方のことを忘れることを選択したのかもしれない。

私がそう言うと、ウェスト夫人は真面目な顔で、私もそう思う、と言った。

アダは子どもたちが十三歳になるとパブリックスクールに入れるため次々に英国に送り込むようになった。若く誇り高いナイジェリアンたちが白人社会の英国でどんな学校生活を送ったのか、それでも幸せだったのか。

私は一度、ローラから、

――見て、ふざけた写真よ、愉快でしょ?

と、嬉《うれ》しそうに彼女たちの学園祭の夜、部屋で写したという写真を見せてもらったことがある。

そこには、楽しそうにふざけてポーズをとっている、絵の具で真っ白に自分の顔を塗りつぶしたローラが写っていた。

彼女たちのほかにも、ナイジェリアの別の地域から来ているビンタという女の子がいて、ローラたちと同国のよしみでその子も時々ウェスト夫人の家に泊まることがあった。

ビンタには、英国にいるアフリカからの留学生にときどき見られる、独特の痛々しい構えのようなもの――出会いの最初からあらかじめ傷つけられているような――があり、ナイジェリアの人らしく誇り高くもあったけれど、もっとしゃべりやすかった。こう書くと相手の弱みをアドバンテージにとっているようだけれど、傷つき易《やす》さを、変に居丈高にカバーしてコンプレックスにしてしまわず、そのままで相手の前に無防備にさらせる人を私は尊敬する。誠実な気品のようなものすら感じる。

ビンタは、生まれたときから英国で暮らしている黒人たちや、両親ともに西欧文明の洗礼を受け、家の中では英語しか話さないというローラたちと違って、生粋のアフリカ育ちで私に彼《か》の地の風のようなものを感じさせた。

何の話の途中だったか、二人でキッチンへ行こうと誘って、彼女がためらったことがあった。どうしたの、といぶかる私に、彼女は秘密を打ち明けるような口調で声を潜めてこういった。

――今キッチンにベルベットがいる。

ベルベットというのはそのときウェスト夫人が飼っていた黒猫で、もうだいぶ年老いており、あちこちで粗相をしてはウェスト夫人を嘆かせていた。

――うん？　それが何か？

――K・・、ベルベットは私を憎んでいる。

――ベルベットが?

私は思わず吹き出しそうになった。いつもキッチンの椅子《いす》の上でうつらうつら半眼になって寝ている、気のいいベルベットが?

――冗談でしょう? そんなこと、信じられない。

断言する私に、ピンタはがっかりしたように口をつぐんだ。それから思い直したように更に声を潜めて、

――私の国では、動物が人間に術をかけることがよくある。特に猫は危ない。どういうふうに術をかけるかというと、自分の毛を一本、人間の食べものの皿に入れるの。知らずにそれを食べた人間は、その猫にだまされるのよ。ほら、ベルベットの毛がキッチンに……すごいでしょう?

そういえば、ベルベットは老猫《ろうびょう》なので抜け毛がすごい。確かにコップなどにベルベットの毛が付いていてギョッとすることもよくあった。

――それは確かにね。

私は認めざるを得なかった。ピンタは意を強くしたように、

――私はここで食事をするときはものすごっく注意してきたの。食べる前によっく調べて……。だから私はベルベットの術にかかっていない。ベルベットはそれを知っ

ているから私を憎んでいるの。私はベルベットがいるときは決してキッチンに近づかない。

私はもちろん、信じられない。

――それはあなたが怖い怖いと思って接していたら、ベルベットもそれを感じ取って変に思うこともあるかもしれないけれど……それも、そういうことは犬ならよくきくけど。犬は自分を怖がっている人がわかるっていうから。でも、猫はねえ……。特にベルベットは誰が側《そば》に来たって無関心で、いつも眠っているじゃない。

――K・・。

ビンタは世にも情けない顔で私を見た。私がベルベットの魔術にかかっていると彼女が思っていることは明らかだった。私はわざと明るく笑いながら、

――絶対に大丈夫だから。私がついているから。私の後ろから入って、知らんぷりしていれば大丈夫。

と、渋るビンタを無理やり立たせてキッチンに向かった。

私はこのときまではまだ、ビンタの猫恐怖をどうにかできるつもりでいたのだ。全てはビンタの思い込みで、迷信の世界からビンタを自由にしてあげたい、せめてキッチンぐらいは猫に遠慮することなく自由に出入りさせてあげたい……。

私は笑いながらビンタを後ろにキッチンのドアを開けた。いつものようにベルベットは椅子《いす》の上で寝ている。こんな人畜無害な動物がいるだろうか。

——ほら、

大丈夫でしょ、と私が後ろを振り向いた途端、ビンタの顔が恐怖に引きつり、え？と私がベルベットを見ると、なんといつもよたよたとしか動かない彼女が、瞳《ひとみ》を爛々《らんらん》と光らせ牙《きば》をむき出しにし、しっぽを倍ぐらいに膨らませ、低く唸《うな》りながら前傾ポーズをとっているではないか。

ベルベットがビンタに飛びかかろうとジャンプしたのと、ビンタが悲鳴を上げて出ていくのと、私がベルベットを叱《しか》りつけたのはほとんど同時、一瞬のことだった。私はベルベットがビンタを追いかけないように慌《あわ》ててドアを閉めた。ベルベットは頭を振り振りフーフー唸りながら猫ドアから庭へ出ていった。

次にベルベットに会ったときはやはりいつもの普通の年寄りの猫だった。

私は今でもあのとき何が起こったのかよくわからない。

ビンタは、スクールを出た後ケント大学に進み、それからアメリカへ渡ってハーバードで法学博士号をとった。今はナイジェリアで弁護士をしている。

だがどんなときでもずっと猫だけは避けていただろうし、今でも近寄らないに違いない。

　イヤビやローラたちの母親、ディディはその頃ナイジェリアとイギリスを行き来するキャリアウーマンだったが、見た目もどっしりと貫禄《かんろく》があり、いつもナイジェリアの民族衣装に身を包み、頭の上には派手にデコレーションされたターバンのような帽子を載せていた。

　たまに母親が来ると、彼女たちは借りてきた猫のようにおとなしくなり、おどおどと、母親の目の色をうかがってろくにおしゃべりもしないほどだった。

　ディディ自身、異国の地にいる娘たちに会いに来るというより、自分の子会社で不正が行われていないか視察に来ている、といった雰囲気を漂わせていた。

　ローラが差し出した小遣い帳を調べるときのディディの厳しい眼差《まなざ》し、何を言われるかと怖《おそ》れているローラの上目遣いのびくびくした物腰は、私にはまったく新鮮だった。今の日本のどこに、こんな親子関係があるだろう。二十歳《はたち》近い娘と母親との間に、こんな厳しい上下関係が存在するなんて。

　とにかくディディは威風辺りを払う風情《ふぜい》があった。その存在感は何に例えようもなかった。

あるときディディはキッチンに座って書類に目を通していた。私には日本人の客があり、彼が持ってきた蕎麦《そば》を調理してそこで食べることになっていた。ウェスト夫人のキッチンはそんなに広くない。普通なら、ちょっと場所を譲るなり、会話に加わるなりして周りと友好的な空気を保とうとするものだが、ディディはまるで象のように悠々として、私たちが周りでばたばたしても一向に意に介さずと言った風情、いよいよできあがった蕎麦を食べる段になって、彼が思い切りよく一気に蕎麦を啜《すす》り込み――私は心中密《ひそ》かにこの事態を怖れていたのだが――、かつてディディが生まれてこの方聞いたことのなかっただろうと思われるすさまじい音が辺りに響き渡った。彼のそのときの断固とした顔つきから、彼が自分の蕎麦の食べ方に誇りを持っており、イギリスであろうがそこの宮殿であろうが、譲るつもりはないことは明らかだった。ディディの全ての動作が一瞬凍りついたように止まった。いくらディディでもさすがに度肝を抜かれたのだろう。さあ、この場をつなげるために私は何か言わねばならない。

――驚いたでしょう？ でも、これが伝統的な日本のヌードルの食べ方とされているの。

ディディは顔色一つ変えず即座に答えた。

――それが文化である限り、どんなことであろうと私はそれを尊重する。文化である限りは。

これを聞いた日本の知り合いは嬉々《きき》として「江戸っ子の蕎麦の食べ方」について蘊《うん》蓄《ちく》を傾け始め、ディディは大真面目に頷《うなず》きながら、聞き入った。

珍妙な光景であった。


父親のアダが来たときのローラたちの緊張はディディのときのそれより更にすごかった。アダは厳しい顔つきで、ほとんど娘たちに話しかけることすらしなかった。とにかくコミュニケーションがあるようにさえ見えないのだ。彼女らはアダと同席するときはもちろん、すれ違うときでさえ、まともに目を合わそうともしなかった。視線を下に伏せることで、まるで恭順の意を示しているかのようだった。アダは中肉中背だったが確かに威圧感のある人だった。ほとんど顔色を変えない。怒っているのか喜んでいるのかわからない。

そういうアダが、キッチンでウェスト夫人から私を紹介されて、いきなり最初に言ったのが、

――自分は日本に行ったことがあるが、そこではみんな土間で寝ていた。

という不可思議な言葉だった。

異なった文化背景をもつ相手と初対面のときは緊張する。相手がどういうところでどういう反応を示すかわからないからだ。

アダが真面目くさっているので、最初彼の意図するところがわからなかったが、次の瞬間、彼が私のことをからかっているのだと察しをつけた。

こういうからかう者と反発する者、というわかりやすい図式の中にお互いを置いて、狭い部屋で見知らぬ異人種同士が顔を突き合わせた緊張を、アダはとりあえず緩和させようとしたのだろう。

アダがそこで私に期待したのは「ムキになること」だった。多少ソフィスティケートされていないやり方だとは思ったが、私は乗った。

——おもしろかったわ。あなたがあんなに子どもっぽくムキになるなんて……、ウェスト夫人はあとでクックッ笑いながらいった。

——私はナショナリストではないけれど、

私は澄まして応《こた》えた。

——母国のまちがった情報が伝播《でんぱ》されるのは阻止する義務があります。

ウェスト夫人は笑い転げた。

数年前のこと、日本に届いたウェスト夫人の手紙から、私は、なんとアダがナイジェリア連邦共和国の中のオグン州の「王」になったことを知った。

——彼はイサラという町の首長の家の出だったのだけれど、前の王が亡《な》くなって、彼が次の王に選ばれたのです。ナイジェリアは今、軍部が政権を握っていて、それぞれの州には、人心を統一するために、昔ながらの部族制を残した王政を認めているけれど、完璧《かんぺき》な監視下に置かれていて、逐一中央に報告がいくのです。しかも軍部はイスラームだけれど彼はクリスチャンでしょう。すごく危険なのです。同じような立場で処刑された人もあったぐらいです。彼はもちろん固く辞したのだけれど、もう、周りがそれを許さない状況だったらしい。「まるで囚人の生活だ」ってあのアダが世にも情けない顔で言うの。もうどこへいくにもボディガードやお付きの人がついていくんですって。死ぬまで？ ってきいたら、死ぬまでだって沈鬱《ちんうつ》な声で答えた。

——この間私の家にもやってきたんだけど、お付きがぞろぞろ。彼らが私になんていったと思います？ 「ウェスト夫人、あなたは閣下の訪問を非常な名誉に思うべきです」ですって。そりゃ、私の家は宮殿とはほど遠い、みすぼらしい家ですよ。でもそのときわかったわ。私のナイジェリアンたち。あの人たちの態度はずっと、つまり、こういっていたのよ。「名誉に思うべきです」ってね。まあ、ねえ、ローラたち、本物のプリンセスになってしまったのです。彼らは正真正銘ロイヤル・ファミリーになったのです……。

送られてきたいくつかのナイジェリアの新聞やそれから配りものらしいカレンダーには、ヒズ ロイヤル ハイネスの称号と共に、アダの写真がいくつも載っていた。あのアダがこれ以上ないほどに威風堂々飾り立てられ、玉座に座って厳かにこちらを見つめていた。

スーツで世界中を飛び回っていたアダが、今は盛装の民族衣装に身を包み、王冠の重みに憮然《ぶぜん》としているようでもあった。

まだアダが自由に旅行できたときの話だ。

週末、S・ワーデンでは広場に露天の市場が立つ。中世からの伝統だ。アダがそこへ散歩に行ったとき、男の子が目をまん丸にして近づいてきて、アダにこういった。

――なんでそんなに茶色いの?

アダは（たぶん）面食らいながらもこう答えた。

――それは、暑い国から来たからだ。

男の子はいぶかしげに、

――ぼく、去年スペインに行ったけれど、あそこもすっごく暑かったけれど、でもみんなあなたみたいじゃなかったよ。

――君はいくつだね。

――六歳。

――よろしい。いいかね、我々の祖先のそのまた祖先もずっと暑い国で暮らしてきた。そこで適応するためにこういう色になったんだ。

――わかった。でも、なぜ、あなたの手のひらはピンクなの。それからあなたの口の内側もピンクだ。なぜ？

――……それは、そういうものだからだ。

――ねえ、ものすっごく強い風が吹いたら、その色、飛んでいっちゃう？　ものすっごく強い風だよ……。

アダは、帰ってきて、この話を楽しそうに語った。

ボヴァリー夫人は誰？

ウェスト夫人の住むウェストロードは（名前の一致は偶然だ）S・ワーデンの高台にあって、いかにも英国らしい古くて趣のある個性的な家々が並んでいる、閑静な通りだ。

彼女の家から三軒先に住む、華奢《きやしや》で小柄なドレシアは、婚約者を戦争で亡《な》くして以来独身を通し、五匹の猫と共に暮らしている。化粧っ気はなく、シンプルな服をまとい、時々下宿人をおいたりおかなかったり。

こう書くといかにも老婦人の静かな生活のようであるけれど、そして実際、ドレシアに会った人はその英国人独特のくぐもったような小さな声と、穏やかで静かな語り口や控えめな態度から、彼女の周囲をそういう風に連想しがちであるけれど、ドレシアは情熱の人なのだ。彼女は熱心なアムネスティのメンバーで、それのみならず、反核運動など、草の根で組織できると思われる全《すべ》ての活動に参加しているか自分で組織している。彼女の周囲の人々は彼女に押される形で皆アムネスティのメンバーになってしまっていた。もちろん皆その趣旨には賛成しているし、協力を呼びかけられれば援助は惜しまないけれど、積極性においてははるかにドレシアに及ばない。私も昔はウェスト夫人と共に募金活動で家々の戸を叩《たた》いた。

S・ワーデンに関わりを持つようになって二十年になるが、いつもいつも感心させられるのは、ここに住む女性たちが、いかに無償の活動にかけるエネルギーを惜しまないかである。

十数年前のこと、反核運動のデモが全英レベルで大がかりに組織され、S・ワーデンからもそれへ参加するためバスを仕立ててロンドンのハイドパークへ向かった。ウェスト夫人はその日朝早く起きてポットにコーヒーを注ぎ、サンドウィッチをつくった。今でもそのサンドウィッチの中身を覚えている。ゆで卵をつぶしてマヨネーズと、貝割れ菜とアルファルファの中間ぐらいの大きさの草（？）を混ぜたものと、ハムとトマトとチーズだった。ちょうど台風の前などの非常事態に備えておにぎりをつくっておくようなぶっきらぼうな手つきだった。さすがにバスケットにこそ詰めなかったが、緊迫した中にも多少、うきうきした気分があったことは確かである。

当時一緒に下宿していたジョーはまだ寝ていた。彼女は地元の高校に勤務していたのでもちろん参加することもなく、この騒ぎを少し離れて観戦しているという態度だったが、ウェスト夫人はジョーの分もついでに作ってテーブルに置いた。

——この間のデモではね、警官が出動して、ドレシアが興奮して騒ぎの真っただ中に突っ込んでいくのを、私はあの小さいドレシアをこうして引っこ抜くようにして……、
ウェスト夫人はかなり大柄である。

——ようやく帰ってきたのよ。あのドレシアのどこからあんな過激なパワーが出てくるのかしら。反核のためなら何でもするのよ、まったく。

けれど、その何年か前の夏、広島の原爆投下記念日に、慰霊の植樹をするといって同じようなメンバーで町の公園に集まり、たまたまいた私を儀式に引っぱり出し日本人代表みたいに扱ったのはウェスト夫人である。あれだって、かなり無理があった。

町の広場に待っていたバスに乗り、私たちはまだ薄暗い晩秋の早朝出発した。踏みしめる落ち葉から霜の匂《にお》いが立ち上ってくるような朝だった。

二時間以上かけてロンドンのハイドパークに着く頃には、辺りはすっかり明るくなっていた。数え切れないくらいのバスが集結し、それぞれのバスからそれぞれの町や村の、ウェスト夫人やサリーやドレシアたちが降りてくる降りてくる……。

二万人もの人々がイングランド各地からバスに乗って集まったのだった。それぞれが町の名前の付いたプラカードを先頭に歩き始めている。

私たちもS・ワーデンのプラカードのもと、ほとんどハイキングの感覚でスタートした。

昼近くになっていったんハイドパークに再集結、デモに賛同するロック歌手の歌などが繰り広げられ、あの小さなサリーがエネルギーを爆発させるように声援を送ったのには本当にびっくりした。まるで歌舞伎《かぶき》の舞台で大向こうから声をかける人みたいに流れにはまっていたのだった。サリーはアイルランドの人である。

それから皆パークのあちらこちらで持参のランチを和気あいあいととったのだった。どこをどう歩いたか、今はっきりとしたルートは思い出せないが、とにかくある時間になるとオックスフォードストリートで一斉に皆で横になったのは覚えているから、ハイドパーク近くの道路に交通規制が敷かれていたのは確かだ。オックスフォードストリートといったら、ロンドン屈指の目抜き通りである。

それは、つまり、核爆発が起こるとこのように死屍累々《ししるいるい》たる光景になるのだぞ、というデモンストレーションだったのだが、もう、ウェスト夫人など大喜びで、秒読みが開始されると、さあ、皆さん死ぬのよう、とはしゃいでいた。

私も合図と共に何とかスペースを見つけ、(生きて)オックスフォードストリートに横になれるなんてもう生涯にないことだろうと思いつつ、ビルの谷間のどんよりした空を仰いだ。

何分横になっていただろう。二万人が一斉に静かになる、車の音も何もしない、都会の真ん中の不思議な静寂だった。

本当に、これだけの人間が死んだら……これだけの人間が、一瞬にしてもう二度と動き出すこともなく、語り出すこともないとしたら。

その間、皆が何を考えていたのかはわからないが、時間が来て起きあがったとき、皆、期せずして同時にお互い微笑《ほほえ》みあった。それが何かとても愛《いと》おしいものを見るような視線で、うまく言葉にできないが、ただこの時間を共有して生きていることへの感謝、静かな共感、そういったようなものがその場に充溢《じゅういつ》していた。

帰りのバスの中では皆ほとんど眠っていた。朝が早かったので無理もない。暮れていくロンドンの街並みを、バスの汚れた窓からぼんやり眺めていた。十一月で、小雨が降り始めていた。

しかし翌々日のお茶会のとき、老婦人たちは私をデモに連れていったことで、マーガレットにひどく叱《しか》られた。

マーガレットはスコティッシュで、その頃、S・ワーデンの西の方の丘に、六人の子どもたちと夫君と共に住んでいた。彼女もいわゆる専業主婦だったが、三十代の後半か四十代の前半ぐらいだっただろうか、いろいろな集会でよく顔を合わせた。ドレシアの興味が主に人権問題に向かっていくのに対して、マーガレットのそれは自然保護関係に向かっていた。彼女は動物のことだけでなく、地質学にも詳しく、一緒に歩いていて石のことについてよく教えられた。ロンドンの自然史博物館にもいっしょにいった。私は展示物を見て彼女がはっと息を呑《の》む音を聞いたり、満足そうに輝く目を見るのが好きだった。

また、オーソドックスな自然科学系統だけではなく、超のつく自然科学系統にも興味があり、スコットランドの怪談話や実際にあった（といわれる）幽霊話などは得意中の得意で、思わず引き込まれて聞き入ったものだ。

一家は特に音楽に造詣《ぞうけい》が深く、毎年夏になると毎日のように八人乗れるバンでロンドンまで出向き、ロイヤルアルバートホールの一番安い立ち見席――当時は確か一ポンドだったと思う――で、プロムナードコンサート、いわゆる「プロムス」を楽しむのだった。

彼女たちの家は、いつも散らかっており、私が英国で知っている家の中では特筆に値する「かまわない」インテリアだったが、家の中はいつも笑顔と歌声であふれていた。長男のマイケルのバイオリン、長女のルスのチェロ、次男のパトリックのピアノ……と子どもたちは皆楽器をたしなんでおり、その年は確か長男のマイケルが大学の作曲科に合格した年でもあった。

マーガレットの言い分はこうだった。

――K・・は日本人で、もしデモ隊が検挙されるようなことにでもなったら、日本へ強制送還され、二度と英国に帰ることはできないんですよ。

それを聞いて、老婦人たちは一斉にしゅんと静まり返った。そういえば、あのときあんなに大勢の人々がぞろぞろ歩いていたのに、日本人らしい人はおろか、アジア人にすら一人も会わなかったのを私は思い出した。

ややあって、ウェスト夫人が、

――そうね、でも、署名運動って手もありますよ。

と、言いだし、一同は活気づき、そういうことになったら、と想定して嬉々《きき》として計画を練り始めた。

マーガレットはため息をついた。

それも今から十数年前のことになる。

今年の四月、十、十一日、二日間にわたってBBC2で「ボヴァリー夫人」が放映された。

ディレクターはティム・フィエル、脚本家はハイディ・トーマス。

この有名な文学作品をテレビ化するに先立って、タイムズ紙の日曜版に、彼らのインタビュー記事が出た。かいつまんでいうと以下のような内容だ。

「文学作品を映像化することは難しい。特にこういう風刺と諧謔《かいぎゃく》にあふれ、あらゆる角度からの読みとりが可能な重層的な文学作品をテレビ化することは、制作者にとっては自殺行為に等しい。過去に数回トライした例があるが、いずれも無惨《むざん》な結果に終わっている——ここで二つのケースを挙げ、狙《ねら》いどころ、工夫の跡、批評家の酷評、等を再度検証している——しかし、今の時代ほどこのボヴァリー夫人の内的な葛藤《かっとう》を自らのものとして理解できる時代はないのではないか」

脚本家のハイディもそれを受けて、

「文学作品を脚本化することは、あらゆる花の咲き乱れる野原に出て、好きな花を選んでフラワーアレンジメントする作業と似ています。今回私はボヴァリー夫人の世俗性、幼稚さに着目し、ただセックスとショッピングにしか興味が持てず、自分の夫に要求できる以上のものをいつも欲している女性として描きました。『ボヴァリー夫人』は古典テキストではありますけれど、今、私たちの隣にいるのです、そのくらい現実感のある人物です。私はS・ワーデンに住んでいますが、そこではほとんど仕事を持っている女性はいません。ほとんどが専業主婦で、ありあまる自由に使える時間を近所のうわさ話と子育てだけに人生を費やし、どんどん幼稚化していっています……」

ハイディはウェスト夫人の向かいに、三年ほど前に引っ越してきた。夫はスティーブ・マクガナン、人気テレビ番組「エメダイル」のレギュラー俳優だ。二、三年前から、このことはウェスト夫人の手紙でも知らされていた。

——誰もおもてだっては騒がないんですけどね、みんなあの家の前を通るときはチラッと見るのよ、あ、エメダイルのスティーブの家だって。

ウェスト夫人はハイディの家の猫をよく預かることがあり、ハイディもよくウェスト夫人の家にお茶に来るので私も話したことがある。

ハイテンションの女性で、機関銃のようにしゃべり、そのときも「ウィメンズ・アワー」(ラジオのトーク番組)に明日でるのよ、聞いてね、とウィンクしていた。

それから私がサリー州の家に帰り一週間ほどした夜、ウェスト夫人から疲れた声で電話がかかってきた。

前述のインタビュー記事が公《おおや》けになり、S・ワーデンは大騒ぎ、みんなカンカン、町長まで甚だ遺憾、の声明文を出したというのである。

——ハイディはやりすぎたわ。もう周りは敵ばかりよ。私ももう、庇《かば》いようがなくて……。

——ボヴァリー夫人が今の社会でどんなにリアリティのある女性かということを強調しようとしたあまりだろうけど……、つい口が滑ったのね。

——滑りすぎ。考えなしとしか言いようがないわ。

実際、よりにもよってあのS・ワーデンの女性たちに、ハイディはなんという挑戦状をたたきつけたのだろう。

それからワーデン・ローカル紙もS・ワーデン・オブザーバー紙も、第一面でこのコメントを取り上げ、読者から殺到した抗議の投書を掲載した。

「私たちはサポートの必要な家族に週延べ百六十時間ヘルパーを派遣しています。この集まりは、四十人もの『幼稚化した働いていない専業主婦』のボランティアで組織されていますが……」

「S・ワーデンにはたくさんの慈善活動——隣人を助けるという本物の『仕事』——が存在しますが、どれ一つとしてボランティアの『自由に使える時間』なしでは成り立ちません……」

「ハイディ・トーマスはいったい本当にS・ワーデンの女性たちのことを知っているのでしょうか……」

「これはどんな町や共同体にとっても最も残念な一般化です。しかも、私がこの町でいつも感銘を受けているのはどんなに人々が無料奉仕のために時間を割くかということですのに……」

「いったいハイディ・トーマスは、子どもを育てるという現実がわかってるんでしょうか。終わりのない食事づくり、掃除、アイロンがけ、学校の送り迎え、お尻《しり》を拭《ふ》いたり洟《はな》を拭いたり、頭のシラミを調べたり夜泣きで眠れぬ夜が続いたり——そういうことをレジャーの一形態とでも思っているのでしょうか。彼女はこの町には働く女性はほとんどいないといっていましたが、彼女の働く女性というのは給料をもらっている女性のことでしょうか。それなら私は『S・ワーデン親の会センター』の議長として、また自然分娩《ぶんべん》推進団体の雑誌記者として、この町に来て三年、様々な女性と関わってきました。彼女たちは医者、看護婦、教師、大学講師、美容師、大工、弁護士、ジャーナリスト、様々な職に就き働いています」

更に町の女性の助役、ジャン・ルプトン（彼女はこのすぐ後、市長になった）は、

「これはS・ワーデンで必死で働いている全《すべ》ての女性に対する侮辱でもあります。私は家庭では妻であり母であり、自分自身の会社もあり、更に助役として働いているというのに……」

町長のシモン・ホウエルも、

「記事を読んだときは強いショックを受けました。これは私が抱いていた町の女性たちのイメージとまったく違っていたからです。私は疲れもみせずに懸命に働いている女性たちを何人も知っています。まったく尊敬の念にたえません。私は町長としてたくさんの組織と関わっていますが、そのバックボーンとして組織を支えているのはお母さん方です。彼女たちなくして社会は存在しないと言っていいほどです」

……等々。

当たり前だが怖《おそ》ろしいぐらいの集中砲火だ。

私もハイディのS・ワーデンの女性についてのコメントにはかなり言いたいことがあったのだが、この非難の嵐《あらし》の前には思わず口をつぐんでしまった。ハイディは町内会はおろか、住んでいる町ごと敵にしてしまったのだ、一家の主婦としてこれ以上の四面楚歌《しめんそか》があるだろうか。


——ハイディはどうしてる？

——すっかりおとなしくしてるわ。町に出るのを怖がって……無理もないけれど……、そうそう、今日私が電話したのは、ほら、私が前から企画していたミレニアムを記念したストリートフェア、あれを来月やるの、子どもたちは仮装、大人は趣向を凝らした帽子をかぶってコンテストをするのよ、あなたも是非来てね。帽子作りとかの準備があるから前日からね。

——わかった。でも、あなたがいるからハイディはどんなに救われていることか。ほんとうにあなたがハイディの友だちでよかった。

——そうね、私もそう努めていますよ……。

その前日、私が午後にウェスト夫人の家に着くと、ダイニングルームではジェイミがギターやそれから何やら私にはわからない音響装置などを持ち出して練習に余念がなかった。明日のフェアで音楽担当なのだそうだ。その横に片づけられたテーブルの上には、ウェスト夫人の手になることは間違いのない、

West Road

The Friendliest Street

In Town!

と、派手にアップリケされた大きな垂れ幕が掛かっていた。もちろん、明日使うためのものだ。

——今日はダイニングが使えないのよ、こういう状態だから。キッチンで食事しな

くちゃ。

ウェスト夫人はその夜、明日私がかぶるための帽子を遅くまでかかって居間で作ってくれた。厚紙を大きくドーナツ型にくりぬき、ピンクの紙で覆《おお》い、その上をピンクや白のティッシュでつくった大きな薔薇《ばら》の花で飾り、更にチュールで覆うといったものだ。何度も試着（？）させられたのは、私の頭が彼女の目算より大きくて、そのたびに穴を大きくくりぬいていかなければならなかったからだ。

――この企画はねえ、私が密《ひそ》かに三年前から計画を練っていたことなの。三年前、アムネスティの募金でウェストロードの家々を回るついでに、「せっかくミレニアムも来ることだし。本当にこのウェストロードはみんないい人たちばかりなんですから、お互いにもっと親交を深めるためにもストリートフェアみたいなものを開きましょうよ」って言い続けてきたのよ。それをいよいよ実現するときが来たわけ。実際、ここの人たちは国際的なことにも理解が深くて、私の家にナイジェリアンたちがしょっちゅう出入りしていても何一つ苦情を聞いたことはなかった。これが、例えばアメリカだったらこうはいきませんよ。残念なことだけれど、ブラックピーポーが行き来する通りは地価が下がるといって敬遠する人たちが多いの。ここは一人一人みんな寛容で親切で……。

——サリーも出られたらいいのに……。

——そうね、サリーも……。

サリーは数年前から健忘症で、しかも車椅子《くるまいす》の生活になっていた。二十年前すでに七十だったのだから無理もないけれど、さすがに数年前、キッチンの窓越しにすっかり老いたサリーを見たときは涙が止まらなかった。彼女はダブリン大学の数学科を出て地元のパブリックスクールで長い間教鞭《きょうべん》を執っていたのだが、文学にも造詣《ぞうけい》が深く、私は英国に来て間もない頃、彼女からシェイクスピアを教わったのだった。彼女がマグカップにいれてくれたミルクティーとビスケットをかじりながら、雨の日は暖炉の脇《わき》のテーブルで、晴れた日は庭で。美しい青い水晶のような目を輝かせて打てば響くように機知に富んでいたサリー。

当日の朝、昔なじみのギリシャ人のエマニュエルもロンドンからやってきた。エマニュエルはこの下宿の生き字引のような人である。

ウェスト夫人の徹底して無私なところを、彼は内心ではとても尊敬しているのだが、彼女のお人好《ひとよ》しぶりに接するたび、（一応表向きには）あまりのことにあきれはててものもいえない、という態度をとっている。私は彼から、彼女が刑務所から出てきたばかりの人に下宿を貸したという話をきいたことがある。

その人を再教育しようとして彼女はエネルギーを費やしたが、しかしその甲斐《かい》なく彼はケンブリッジで再び殺人を犯した。その夜、キッチンのラジオでそのニュースを彼女が聴いていたその折りも折り、彼が帰ってくる足音が、静かな夜の庭から響いてくるではないか。その時点で彼女はラジオを聴かなかったことにした。その翌朝、家宅捜索に踏み込んできた捜査員が彼女の寝室を開けたとき、彼女は寝ぼけ眼で「Can I help you?」といったというのだ。

――しかもそれで、もう刑務所帰りはこりごり、と普通思うだろう、でも、ほら、あのデービッド、君も知ってるだろう？

――ああ、あのヨークシャ出身のおじさんね。

――そう、ここに十七年もいたあのデービッド、なんと彼も刑務所帰りだったって、最近になって、デービッドが出てしまってから打ち明けるんだぜ。デービッドがここに来たのはあの事件からまだ二年ぐらいしか経《た》っていないときだ。

――だって、刑務所帰りは誰も引き受けてくれるところがないんですもん、それにそのことを話したらデービッドのプライバシーに関わるし、あなた方みんな反対するに決まってるから……

ウェスト夫人はそういうとき、いつも、叱《しか》られている小さな女の子のような表情をする。

——まったく、このご婦人ときたら際限がないんだから……。

といいつつ、ベトナム難民の話、サラエボ難民の話、アラブ人たちの話、どんどん仲間を連れ込んでくる中国人の話、次から次へと最近のウェスト夫人の行状について報告してくれる。

一つ一つがあきれかえるほどドラマだ。

エマニュエルはギリシャからやってきてまだろくろく英語もしゃべれないときにここに下宿していた。まだウェスト夫人の子どもたちがいた時代である。私がここでお世話になり始める数年前のことだ。

彼は十代の頃ギリシャで父親を亡《な》くし、ここで半年ほど過ごした後、ロンドンの高校へ通い、それから働きながら大学を出た。今では彼が英語を話せなかった頃があるなんて信じられないほど、流暢《りゅうちょう》であるだけでなくウィットにあふれた会話を延々と続ける。多少はアクセントに癖があるけれど。正義漢でギリシャ正教徒で（ただし日曜ごとに教会に行くというようなことはない）反骨精神が旺盛《おうせい》で、冗談好きで頭の回転が速い上に他人に優しい。昔から、英語のあまり流暢でない日本人の客が来るとき、彼がたまたま遊びに来るときと重なるとほっとしたものだ（反対にそういうとき、たまたまナイジェリアンたちといっしょになったときは気が重くなった）。エマニュエルはホスピタリティ豊かで、誰も傷つかないよう場を盛り上げてくれるからだ。

例えばいつかの夜は、古今東西不気味な食物づくしだった。ギリシャでは羊の脳を食べる、中国では猿の脳を食べる、日本ではタコを生で、しかもナマコも食べる、等々。ゲテモノ嫌いのウェスト夫人が悲鳴を上げるのを、愉快そうに笑い、追い打ちをかけるようにイギリス人の皿の洗い方、シャワーの浴び方、なんと文明的でないことかと、日本人たちと一緒になってまたウェスト夫人をからかう（ちなみにイギリス人は皿を洗っても濯《すす》ぐことはない。泡がついたまま拭き取るのである。体を洗うときも同じ）。

――あなた方、英米人は体を洗うとき、どうする？

エマニュエルはにやにやしてウェスト夫人に聞く。

ウェスト夫人は彼の挑発を楽しむように澄まして答える。

――そうね。まずバスタブに適温にしたお湯をたっぷり入れるでしょ。

――それから？

――しばらく体をお湯の中に浸して、この世の幸せを充分感じた後、スポンジをゆつくりとお湯に浸し、石鹸《せっけん》で泡立たせます。そして体を丁寧に洗います。父祖伝来の正統的なやり方です。

――それから？

それまで澄ましていたウェスト夫人はいきなりかみつくように（わざと）怒鳴るのだ。

――……拭き取るのよ！　それでおしまい！　それが何か！

ウェスト夫人自身はストリートフェアのため、『不思議の国のアリス』の、三月ウサギそっくりの帽子を厚紙等を使って拵《こしら》えていた。思わず息を呑《の》むほどの高さだ。エマニュエルはそれを見てさらにはりきって持参のきらびやかな包装紙をふんだんに使い、もっと高いシルクハットをつくった。

エマニュエルがそうやって苦心している間、キッチンテーブルの片方では、ウェスト夫人がストリートフェアに持ち寄る料理をつくりはじめた。まな板の上に、一斤《きん》丸まるの食パンを置き、てっぺんをカットしたあと、薄めに水平方向へスライスしていく。そして両端の耳部分を更に落としていく。日本で売られているサンドウィッチ用食パンの長方形のようなものである。それを何枚もつくるわけだ。

私がその続きを引き受けると、夫人はクルミの粒を小さくナイフで砕きながら、

——これは私の母親が私の小さい頃、教会の集まりとかあるたびにつくってくれたおやつなんだけど、この間突然それを思い出したの。私自身今までつくったことはなかったけれど、母親がつくるのをいつもみていたから……。

ウェスト夫人はもともとニューヨーク郊外バッファロー出身である。母親は一八九〇年代のシカゴに生まれ育った人だ。

——このクルミをね、クリームチーズであえてパンに塗り、グルグルッと巻いてカットしていくわけなの。

そういわれても、私にはまだぴんとこない。

夫人はクリームチーズを練り始め、それに赤い着色料（ストロベリーかチェリーかどちらか）をたらしてピンク色にし、それにダイナミックにクルミの刻んだものを混ぜ込んだ。

夫人は今日のストリートフェアのトータル・ディレクターのようなものなので、そうしている間にもひっきりなしにあちこちから電話が掛かってきたり、一言アドバイスを求めて人が訪ねてきたりするのだが、夫人はてきぱきとにこやかに相手になり、

風のようにまた台所に戻ってきて続きにかかる。

そしてパンの片側にクルミ入りチーズクリームを塗ると、パンの短い辺の方から巻きずしのようにくるくる巻き始めた。巻きずしにしては短いし、かなりの太巻きになるので、一番外側のパンの部分などは、あちらこちらに亀裂《きれつ》が入って無惨《むざん》なものだが、夫人はまったくかまわずにロールケーキを切るように切っていく。すると、白いパンにピンクのクリームが何とも楽しく、しかも外側部分のぼろぼろのパンもそれなりのデリカシーを添えているではないか。

味はというと、クリームチーズに砂糖を加えた方が絶対いいと思うが、軽食ならこのほうがいいのかもしれない（もともと英国では、甘ったるいサンドウィッチの類《たぐ》いは食べない。生クリームをサンドしたものなど論外で、日本人がごはんにジャムをかけないのと同じようなタブーがあるのかもしれない）。とにかく簡単で、パーティ気分の演出できる工夫だ。まったく火を使わない、切って混ぜて塗ってまた切るだけだ。

——ああ、わかった。

私がやっと彼女のもくろみを理解すると、彼女は満足そうに、

——わかったでしょう。これは白いパンでつくらないといけないし、しかもたくさん無駄が出るからね、白いパンは鳥にも悪いっていうし……。だからあまりつくらな

かったけれど、こんな時には良いだろうと思って。何しろ四十八年ぶりのストリートフェアだから。

時間が来ると皆大騒ぎして帽子を頭に載せ、お皿を片手に会場へ向かった。数時間、この通りは車両通行止めになることになっている。

会場は通りのはずれにある、ある工場の資材置き場で、真ん中に廃墟《はいきょ》の跡のような家の土台だけが残っている場所があるのだが、なんとそこをステージにしつらえてあった。

といっても、単にあのウェスト夫人のダイニングルームにあった、

West Road
The Friendliest Street
In Town!

の垂れ幕が後ろに掛かっているだけなのだが。

途中、ドレシアに会った。

——ああ、K・・、もしサリーが元気だったらどんなに張り切ったろうと思わない？　今日はアイリッシュダンスもあるのよ。

——ああ、もうそれは絶対……。

私たちは顔を見合わせて笑った。

——サリーは今寝てるの？　ちょっとでも見られたらいいのに……。

——そうね、今彼女の娘が来てるから、もし体調が許せばね……あら……、

ドレシアの視線の先に、ハイディがいた。

皆の料理を集めてあるテーブルの前で、ぽつんと一人で番をしている。きっとウェスト夫人からこの係になるように頼まれたのだろう。私たちを見るとほっとしたように、見たことのないシャイな微笑《ほほえ》みを浮かべた。

何しろあの事件が起こってからまだ一ヶ月も経っていない、ホットな時期である。

私も皿を置きながら、あの事件には触れず、天気が良くてよかった、とか、昨日の天気はひどかった、心配した、とか当たり障《さわ》りのないことを話した。

ハイディはここにいれば否《いや》が応《おう》でも通りのほとんどの家と言葉を交わさなければならない。そしてすでにテーブルの上いっぱいに並べられた料理の数から見ても、彼女はもう大方それをやったのだろう。ハイディのことは皆内心快く思っていなかったに違いないが、

West Road
The Friendliest Street
In Town!

（ウェストロード――町で一番仲良しの通り！）の垂れ幕の下で、誰がハイディに冷たくできただろう。このパーティは誰もそのことにはひと言も触れなかったがウェスト夫人の近隣社会へのハイディのとりなしでもあったのだ。

それに応《こた》えてか、BBCのペルー取材から帰ってきたばかりのハイディの夫、スティーブ・マクガナンは、ジェイミのグループと共に廃墟跡の舞台で熱唱し、またスプーンの卵運び競走も地元有志のご婦人方に混じって真剣に取り組んだ。

これまでスティーブがあまり隣近所の前に顔を出したがらなかったことを思えば、彼のこの態度は思いやるに充分なものがあった。

最初スティーブが歌い出したときは皆、あまりステージ周辺に集まらなかったので、ウェスト夫人は少しやきもきしていたが、それはテレビスターが出たといって物見高い素振りをしたくないといういかにも英国的な矜持《きょうじ》の保ち方のように思えて、私には一方ですがすがしく、また微笑ましく感じられた。

その間、ハイディは舞台の前の方でたった一人でうっとりした目でスティーブだけを見つめていた。夫への感謝もあったに違いないが、それは欧米人独特の、夫婦単位で公衆の面前に出るとき、発言する夫を励ますように熱い視線で見つめるあの妻の態度——もうあなたしか見えないという多少演技がかった——を思い起こさせて微笑ましかった。

何度目かの熱唱の後、スティーブは舞台を下りると親愛の情を込めてウェスト夫人の肩を抱いた。ハイディに言われていたのに違いない。ハイディは隣で頬を紅潮させて嬉《うれ》しそうだった。

最後にS・ワーデンの地方裁判所判事が、(現在挨拶《あいさつ》できる状態にある人々の中で彼がウェストロードに最も長く住んでいるという理由で) ステージに立った。いつもダブルの背広をきちんと着こなし威厳のある人だ。

このフェアはすべてウェスト夫人の思いつきで始まったということ、彼はここに住んで四十年以上になるが、ストリートフェアなるものは初めてだということ、いつも顔だけは知っていてもなかなか話をする機会のない隣人たちともこうやって楽しい時間を持てたことの素晴らしさ、等々について話した。途中、ウェスト夫人をたたえるコメントを述べた後、

——どこにいますベティ！　私はあなたのことを話してるんですよ、ベティ！　聞いてるんですか？　ちょっと前に出てください。

ウェスト夫人はそこで思いがけなく素晴らしい花束を小さな女の子からもらうことになった。いかにも嬉しそうに、プリマドンナのようなお辞儀をして幸せそのものといった表情だった。判事は続いて、

——この垂れ幕にあるとおり、私たちの通りは素晴らしい隣人たちでいっぱいです。

皆さん、あの茶色の三本脚の猫のこと、ご存じでしょう、あの野良猫《のらねこ》のことです。ご存じの通り、あの猫は車の下で寝ていて脚を切断される羽目になってしまいました。が、それからこの通りの人々が彼にどれだけ優しくしていることか……。

ここで、私の隣に立っていたご婦人がそっと私に耳打ちする。「みんな口に出さなかったけど、あの猫のこと、気にかけていたのよね、いつも私の家の前に四時頃来るのよ、とても賢いの」私も気づいていた。そうか皆気づいていたのか。

――私たちの通りは、傷ついたものを温かく受け入れる通りです。私は今日の日をあなた方のような素晴らしい隣人たちと分かち合えたことを誇りに思います……。

フェアは大成功に終わった。

ウェスト夫人は何度も、これは三年前から考えてきたことなのだと繰り返し、誰もそのことにはひと言も触れなかったけれど、事実上ハイディ一家に近隣社会にカムバックする機会を与え、彼らもそれに見事に応えたのだった。

S・ワーデン全体の怒りがこれで鎮《しず》まったわけではないが、ローカル紙のレポーターも来ていたから、ウェストロードが事実上ハイディを受け入れ、その後ろ盾になったということは町全体に知れ渡るだろう。そうなるともうあとは時間の問題だ。

さりげなく見事だったと思う。

子ども部屋

クウェーカー同士はお互いをフレンドと呼ぶ。

コッツウォルズからソールズベリ、北上して湖水地方からスコットランドへとぐるりと回る旅の計画を立てていたとき、ウェスト夫人がレイク・ディストリクトに行くならグラスミアのグレンソンに寄ったら？　と提案した。フレンズ互助組合のようなところが運営しているホテルらしい。うーん、グラスミアは結構にぎわっている村だし……。私は今回は北の方のバタミア湖かどこかの小さな村に泊まろうと思っていたのだけれど、というと、

――とっても親切で文字通りフレンドリー。旅に豪華さを求めるならちょっと違うけれど、シンプリシティを好む人には打ってつけ。あなたはきっと気に入ると思いますよ。

――クウェーカー以外でもだいじょうぶ？

――紹介があればね。

私が乗り気になるのを確かめると、ウェスト夫人はその場で電話して予約してくれ

た。

その日ソールズベリを昼頃に発《た》って、M6を北上、バーミンガムを過ぎる辺りでフロントガラスに雨滴が当たりはじめ、A590を西に降り、アンブルサイドに寄ったときはどしゃ降りだった。

アンブルサイドはこぢんまりした田舎町だけれど、湖水地方の中では賑《にぎ》わっている町だ。この町に寄ったのは、ウォーキングシューズを買うためだった。この地方でいうウォーキングシューズとは防水性の軽登山靴のようなもの。天候の変わりやすい、晴れていても足下はじくじくと湿っていることの多い土地柄での「彷徨《さまよ》い歩き」にぴったりの靴なのだ。この地方に本店を持つアウトドア関連の店で目当ての靴と厚手の靴下を手に入れると、雨で湖面が灰色の鏡のようになっているウィンダミアを左手に見ながら、グラスミアへ向かった。

私がグレンソンへの道を聞いたとき、ウェスト夫人は、宙を見つめて考えながら、

――アンブルサイドからしばらく走って、左へ入ってグラスミアでしょ、それから真っすぐいくと、みんながアイスクリームを食べている賑わってる場所があって――

こういいながら、私の顔色をうかがう。自分でも頼りにならないことを言っているとわかっているのだ――そこを過ぎてまた左に行くと坂を上ったところの左手に見えてくるから。

いくら何でもそんなに簡単ではないだろう。けれども彼女の脳内地図ではそうなのだろう。私は苦笑し、

――住所と電話番号がわかってるなら、迷ったときは誰かに訊《き》くわ。

と頷《うなず》いた。

片側一車線のA591をウィンダミアから走っていくと左手にグラスミア（湖）が出てくる。そこを通り越すとすぐにグラスミア（村）の表示が出てきたので慌《あわ》ててハンドルを左に切る。ウェスト夫人の地理の説明には慣れていた。彼女の脳に入り込んだ気持ちになるのがコツだ。

ランドマークになりそうなめぼしいものの何もない田舎道を走っていく。なるほど彼女の記憶ではこの辺は抹殺されているだろう。と、少し商店街らしいところに出た。アイスクリームの屋台が出るとしたらここだろうとスピードを緩める。案の定ソフトクリームの絵の躍る WALLS の看板が見えた。

その辺りからもいくつか道は出ているが、あまり重要そうに見えない。全部無視して通り過ぎるとやがていかにも絵に出てきそうな岐路、といった感じの三叉路《さんさろ》に出る。一番左にEskadaleと表示がある。

ああ、ここだと思い木々の枝が両側から差し掛かった小暗い坂道に入る。

夕方で雨が降っているのでよけいに暗い。暗い緑陰というのはきらいじゃない。むしろ反射的に吸い寄せられていく。しかし雨はかなり激しく降っている。

彼女の言葉通り左手にグレンソンの文字の入ったサインボードが現れた。細い鋳物《いもの》製の門が閉められている。着くのが遅すぎたのだろうか。門の向こうは典型的な英国の田舎の庭で、雨に少しうつむき加減の丈高い草花の真ん中を、細い小道が玄関まで縫うように走っている。駐車場はどこだろう。あるのだろうか。微《かす》かに不安になる。訊きに行かなくてはならない。少し先の道路幅の広めのところで車を塀ぎりぎりに寄せる。よし、これでなんとかあまり大きな車でなければ通過できるだろう。ドアを開け、激しい雨風に抵抗しつつ傘を差し、ドアを閉める。さっきの鋳物製の門のところまで小走りに急ぐ。向こう側に手を差し入れて錠を外す。本当に客の来る宿泊施設なのだろうか。決して大きい体格ではない私でさえ細いと感じる小道を通りながら、不安はだんだん増してくる。（どう考えても普通の家の）玄関のドアベルを押す。返事がない。ドアを押すと開いているのでそっと中に入る。いきなり居間のようなところに入る。限りなく普通の家に近いけれど、これは宿泊施設だ、この清潔さと簡素さはプロの手によるものだ、と直感する。しみ一つない白い塗り壁とパネルヒーターの適度に管理された温かさが心地よい。

レジスターの札のかかった部屋がすぐ見つかったが誰もいない。真向かいが調理場のようだ。白い調理着を着た体格のしっかりした中年の女性が出てきた。忙しそうだが、これを逃してなるものか、という勢いで私は彼女を捕まえ、今夜から宿泊する予定なんだけれど、ここに誰もいなくて、と訴える。車も外に置きっぱなしなの。

——あら、本当、誰もいないわ。

彼女はレジスタールームの中をのぞき、私の名前を聞くと予定表で確認した。

——本館の二階ね。すぐ上よ。さあ、行きましょう。

と、いきなり促すので、

——あの、車が……。ここは駐車場はないんですか。

——ああ、ごめんなさい。もちろんあるわよ。

——私、あのドアから入ってきたんですけど。

——ああ、じゃあ、もう少し先に行くとすぐ駐車場が出てくるわ。車を駐《と》めて、それからまたきてください。

やはり、あそこは表玄関じゃなくて、日本でいったら縁側の上がり口のようなところだったんだ、と合点する。

また傘を差して車に戻り、動かすと本当にもう数メートル先のところで塀が切れ、入り口になっていた。中は結構広い。車も結構とまっている。

玄関は、しかし先ほどのとあまり変わらない。入ると人一人すれ違うのがやっとという幅の廊下が続いているぐらいだ。いわゆるフロントとか、レセプションルームとかいうものはない。

どたばたしながら荷物を運び入れると、あごひげを生やした男性がにこにこと待ち受け、ハローと声を掛けた。

——グレンソンにようこそ。私はベンです。

山小屋の管理人によくいる、人を包み込むような笑顔の人だ。

そのとき私の後ろから、見るからに山歩きを終えたばかりの二人連れが、ヤッケに雨を滴《したた》らせながら入ってき、ベンと早口で天気について冗談を言いながら廊下の横についていた小部屋に入った。ベンは目でそれを追い、

——あそこが乾燥室になっているんです。濡《ぬ》れたものはあそこに脱いで乾かしてお

いてください。

今日は、まあ、いいです、と私が返すと、そう？　と彼はそのまま両手で荷物を全部持ち、先に立って歩き始めた。階段に敷き詰められた清潔な絨毯《じゅうたん》の厚みが疲れた足に心地よかった。階段を上りきるとドアがあり二階の中廊下に続いている。その廊下の突き当たりのドアの前でベンはポケットから鍵《かぎ》を取り出し、ドアを開け、私を先に中に通した。

天井の高い、ブルーグレーの少し入った白い壁が印象的な部屋だ。テレビもティーメーカーも何もない。清潔なタオルだけが一組、ベッドの上に置いてある。高いフランス窓の向こうには少し開けた草地、細く長く、うねうねと続くドライストーンウォールと三頭の羊、山々と低く垂れ込めた雲が見える。ベンは荷物を置き私の表情で気に入ったのを確かめると、チップをもらうのを怖《おそ》れるかのようにそそくさと出ていった。

窓際《まどぎわ》のパネルヒーターをそっと触る。しっかりと温かい。ずいぶん前から温まっている感じだ。窓の外は暮れなずむ山の風景。雨は小降りになっており、雲の動きが激しい。

部屋にはレイク・ディストリクトのどこかを描いたと思われる手描きのスケッチが

掛けてあった。カーテンを閉めて部屋の明かりをつける前に、もう一度ベッドの端に座って、窓の外の風景にぼんやりと見入る。

カレンダー的な美しさだったらスイスに行けば充分堪能《たんのう》できるだろう。澄んだ明るさだったらカナダや北欧で浸ることができる。だがなんだろう、このもの悲しさ、廃《すた》れていくものの美しさ、胸を締めつけてくるような懐《なつ》かしさ……。それは私の中ではここレイク・ディストリクトから始まり、スコットランドに渡り、そしてアイルランドで決定的になる何かだった。

いや、と思い返した。それはレイク・ディストリクトから始まっていただろうか。それは、もっと、ずっと以前に、私がレイク・ディストリクトに出会うずっと以前から知っていた風景ではなかっただろうか。

けれど、こんなもの悲しい風景を、私はどこで知っていたのだろう。何かの写真の記憶だろうか。考えてもよくわからない。カーテンを閉め、簡素な明かりをつけ、バスルームをチェックする。シャンプーの類《たぐ》いも何もない、ただどこまでも清潔で、タオル用のバーは木製だった。

夕食は階下のダイニングルームで始まる。案内されるとすでに席は決まっていて、大テーブルで見知らぬ者同士、ぎこちなくあるいはすでにうち解けて会話しながら食事を進める。三コースでそれぞれ三種類ぐらいのメニューの中から選べる。前もって予約するときにアレルギーの有無や菜食主義者かどうか尋ねられるので、普通の料理のようだが、よく読むと例えば肉が入っていないとか、卵を使っていないとかの違いが明白であり、誰もがメニューの中から自分に適した食事が選べるようになっている。四、五日逗留《とうりゅう》している人が主で、ここを拠点にして周囲をトレッキングする人、あるいは毎年ただここでぶらぶら過ごすというお年寄りもいた。人を受け容《い》れる気配にあふれた温かさ、かといって必要以上に好奇心をあらわにしたりしない適度の親密さ。この絶妙の距離感が心地よい。一番好きなタイプの英国人の集まりだった。

そういえばこの建物全体、部屋の感じそのものがそうだった。へたをするとよそよそしい、清潔すぎる空間になるところを要所要所に配された木の感触が温かい親近感を感じさせた。

翌日の朝食も同じようにダイニングルームで始まった。サーバーを片手に歩き回るベンが、いくらでもおかわりしてくれるコーヒーがおいしかった。居間のテーブルにはお昼のお弁当がそれぞれ袋に入り山積みになっていた。袋の中身はサンドウィッチにりんご、ビスケット、チョコレート、クリスプスなどだ。水筒も頼めば好きな飲み物で満たしてくれる。後はそれぞれ、自分が今日出かけるコースを申告し、下山予定時刻を書き込み、ぶらりと弁当の袋を持って出かける。お茶の時間に間に合えば、有名なグレンソンのケーキ類が食べられますよ、とボードに書いてある。

グレンソンの前の道を、山の方にひたすら歩いていくと道は砂利道、次第に細くなっていく。風雪にじっと耐えているような、石造りの民家がぽつぽつと生えるようにして建っている。窓が小さく愛嬌《あいきょう》はないが趣がある。それもやがてほとんどなくなり、さほど大きくないが先日からの雨で水量の増した川にかかる、これもまた古そうな石造りの橋を渡ると、道は二手に分かれる。左の細い山道をとる。わりに勾配《こうばい》のある坂道だが途中にまだ家があるのに驚いた。こんなところまで、人家がある。昔は、ことに雪に埋もれた冬などはどうやって暮らしていたのか。砂利道には羊だか山羊《やぎ》だかの糞《ふん》が多い。右手、山側からは涌水《わきみず》が小さな滝となって幾筋も道を渡り、左手の水路に流れ込んでいく。今は雨は降っていないが、空気が湿気を含んでいる具合がいつ水滴となって現れてもおかしくない。

さっきから後方を歩いていた男性二人組にここで追い越される。

――ハロー。

――ハイ。

しばらくいくとまた別の一組に追い越される。

西洋人と自分との差を徹底的に感じさせられるのは、こういうときだ。がっしりした肩幅。厚い胸板。のっしのっしと迷うことなく確実に長い歩幅で進むその安定感とスピード。まったく、この調子で古代から次々に厳しい自然に挑んできたのだろう。また征服できると錯覚するのも無理はない気がする。

道はもう、羊や山羊の糞でほとんど隙間《すきま》なく埋め尽くされている。古いもの、艶光《つやびか》りする新しいもの。たいていは衛生ボーロほどの大きさなのだが、ときどきウサギと思われる一回り小さなもの、狐《きつね》のひょろっとしたもの、シカらしいもの、辺りはしんとして、あちらこちらから浸《し》み出る水がせせらぎをつくって流れる音が響くぐらいだのに、地面だけ見ていると結構にぎやかだ。最初は糞を踏まないように気をつけて歩いていたのだが次第にいい加減になり、宿に帰る前に靴を流れで洗えばいいと覚悟を決めるが、それでも着地の瞬間反射的に糞の少なさそうなところを選んでしまう。そういう「着地点の選別作業」が結構疲れる。疲れるとわかっているので自分ではしなくていいと許しているのに結局土壇場《どたんば》で否応《いやおう》なくやってしまう。

だんだん視界が開けてくる。

横の丘の上から大きな羊歯《しだ》の間を掻《か》き分けるようにして一人下りてきた。

——ハイヤ。

——ハイ。それ、正しい道?

——僕にとってはね。

にやりと笑う。改めて彼の来た道を仰ぐ。確かに直線距離としては一番近いのだろうが急勾配の上、足元も不確かでとても辿《たど》れそうもない。

——私にとっては違うみたい。

——やってごらんよ。

——次にね。鍛え直して。

笑いながら上と下へ別れる。

私はそれからしばらく行ったところに現れた大きな岩の上でしばらく休んだ。雲の流れは速いが時折り晴れ間も見える。グレンソンで保温瓶に入れてもらったお湯でインスタントコーヒーをつくる。キットカットをかじる。とんでもない高さの丘の上で動く黒い点が見える。双眼鏡で見るとやっぱり羊だ。何であんなところまで登っていったんだろう。その横の方でもう少し長い影が動く。双眼鏡でようやく人らしいことを確認する。まったく人間というのはなんでこんな必要もないことをせずにいられないんだろう。いや、必要でなかったらやらないのかもしれない。ふと何の気なしに、神は、と思う。

私はクリスチャンではない。それなのにこの何十年か頑固な山羊のようにその回りばかりうろうろしてきた。神を信じているかと単純に尋ねられれば今でもそのたび真剣に考え込み、それは「あなたの定義する神という概念による」とまじめに答えてしまう。

クウェーカーは、従来の教会組織を嫌い、個人がそれぞれダイレクトに神を感じるべき、という趣旨で、ミーティングという名前で日曜日に集まるが、いわゆる牧師の説教というものはなく、それぞれごく個人的に瞑想《めいそう》に入る。

私がウェスト夫人と一緒にいたころも、彼女は毎週ミーティングハウスに通っていたが一度として、勧誘されたことはなかった。彼女は自分の信じるものは他人にとってもそうなるはず、と独り合点するところはなく、また人の信じるところについてはそれを尊重する、という美徳があった。他人との間においてはそれもそう珍しいものではないが、彼女の場合親子関係にもそれは徹底していた。彼女の次女のサラは菜食

主義者だ。いつ頃から、と訊《き》く私に、

——十四の時から。私なりに充分考えた上のことだったの。ありがたかったのは、母がそれを尊重してくれたこと。普通なら育ち盛りなんだから栄養とらなくちゃ、とかいうところでしょ。でも、母は、チーズやなんかで工夫して何とか栄養が偏《かたよ》らないようにしてくれたの。それから私たちが導師《グル》に従ってカリフォルニアに渡ったときもね。結局母は私たちの意志を尊重してくれた。

ウェスト夫人の三人の子どもたちは七〇年代の後半、インド人の導師《グル》の後を追いカリフォルニアに渡った。長女のアンディは二十二、次女サラはそのとき十八歳、弟のビルは十六歳だった。

あのときは本当につらかった、とウェスト夫人は後に私につぶやいたことがある。離婚の時と同じぐらいのショックだった、と。

その数年後、空になった子ども部屋に私が入った。

——ハイ。ひと休み？

——そう。

——よく休んで。

──ありがとう。

通り過ぎる人々のうち、何人かはグレンソンの食堂で見た顔だった。顔に微《かす》かに水滴がかかった。雨具の準備はしてあったが、急いだ方がいいかもしれない。私は立ち上がり、また坂道を登り始めた。相変わらずの羊の糞の中を黙々と登っているとようやく頂上へ出る明るい開放的な気配がしてきて──山登りの少ない経験からいっても、この気配から頂上までが結構長いのだが──少し勢いがつく。羊の姿も少なくなったと思ったら、目の前を慌《あわ》てて通り過ぎていく。黒い顔の羊。

私がウェスト夫人の家で過ごした子ども部屋は、児童文学作家であった彼女の子どもたちの部屋らしく、児童書であふれていた。『The Wind in the Willows（たのしい川べ）』、『The Railway Children（若草の祈り）』、『The Chronicles of Narnia（ナルニア国ものがたり）』、『Watership Down（ウォーターシップ・ダウンのうさぎたち）』……等々。たぶん、彼らが読んだ年代順に棚に収められている。私も彼らの成長のあとを追うようにして順番に読んでいった。カリフォルニアに旅立った彼らのことを考えると、中でも最後の『Jonathan Livingston Seagull（かもめのジョナサン）』がなんだか妙にしみじみとした存在感を放っていたものだ。その後彼らはアメリカに渡ったのだ。

英国の子ども部屋が、特別魅力的な響きを持つのはやはりその児童文学の名著の数々と無縁ではあるまい。ピーターパンだって、ナルニアだってすべては大人の干渉とは無縁の子ども部屋から始まるのだから。

とりわけヴィクトリア時代の子ども部屋、と考えるだけで血肉がざわざわとしてくる。

といっても、ヴィクトリア時代を子ども部屋で過ごしたことのある生身の人間にはほとんど会ったことがない。たった一人の例外がルーシー・M・ボストンだ。私が会ったのは今から十数年前、彼女はすでに九十四歳だった。彼女のグリーン・ノウ、実際お住まいだった古いマナーハウスには子ども部屋と彼女が呼ぶ部屋があり、そこは木馬とチェスト、彼女の手になるキルトがかかったベッドがあるぐらいの簡素な部屋だったと記憶している。もちろん、彼女が子供時代を過ごした部屋ではない。彼女は地方の広大な土地屋敷を所有する名士の家（祖父が町長を務めていた）に生まれた。父母とは朝夕決まった時間に挨拶《あいさつ》程度にコミュニケートするだけ。ほとんどの時間をナニーと子ども部屋で過ごす。だから、ナニーや家庭教師との相性が子どもの一生に影響を与える重要な問題になる。彼女の兄弟は確かナニーといい関係がもてなかった。ナニーの全《すべ》てがメリー・ポピンズだというわけではもちろんない。それどころか無理解で意地悪なナニーの方が当時の人々の手になる小説および回顧録には遥《はる》かに印象深く登場する。よほどの恨みつらみがあるのだろうと邪推したくなるものも少なくない。そういうなかにあって、ウィンストン・チャーチルとそのナニーとの関係は心温まるものだ。まるで太宰治《だざいおさむ》と越野タケさんとの関係のようだ。チャーチルも太宰も実母との関わりがあまりない子供時代を送った。

ウェスト夫人の元夫、ウェスト氏はヨークシャの田舎の裕福な地主の出だ。『秘密の花園』『嵐《あらし》が丘』『ジェーン・エア』と、いずれもムーアと呼ばれるヨークシャ地方のヒースの野を舞台にしている。ウェスト夫人はその元夫について話すことはあまりないが、そのナニーだったドリスのことならいつでもいつまでも語り続ける。

ドリスは子守としてなんと八歳の頃からウェスト家に奉公にきていた。それから八十八で死ぬまでずっと独身でウェスト家にいた。家事一切のエキスパートとして、新婚のウェスト夫人はドリスに様々なことを教わった。

——ドリスにとって私はちゃんとしたティーもいれられないアメリカ人だった。そりゃ、ひどかったんです、私も。けれどドリスはそれはそれは辛抱強かった。

——義母は毎日決まって一日五食とる人だったの。朝食、十一時のティー、昼食、アフタヌーンティー、夕食、ってね。そのたびごとにきちんとした銀食器のセッティング。ドリスはずっとそれをこなしてきたのよ。ストーブで煮炊《にた》きし、手足で洗濯していた時代からね。家事のことならなんでもできた。読み書きのほかは。

——ずっと独身でねえ。忠義者のドリス。仕える人をみんなあの世に送って一人になった。庭に出たらびっくりするわよ。ものすごい大きいズロースが国旗のようにはためいているから。

ウェスト夫人はくすっと笑った。

——あれはドリスそのものよ。全て青天白日にさらして何の後ろめたいこともない。

ウェスト氏と離婚し、三人の子どもを連れてS・ワーデンに引っ越した後も、ウェスト夫人は次第に年をとってゆくドリスを見舞い続けた。

二十年前の冬、ドリスを訪ねるウェスト夫人に同行したことがある。S・ワーデンからヨークシャまで車で五時間近く、クリスマス前の食料品を買い込んで出かけた。

ウェスト夫人の義父であるウェスト老人が亡《な》くなったあと、ウェスト家は丘の上の豪奢《ごうしゃ》な屋敷を手放し、ドリスとウェスト老夫人は麓《ふもと》の町の方に住んでいた。ウェスト老夫人が亡くなった後、ドリスは一人でその町の家に住んでいた。ヨークシャは雪だった。着いてすぐ、私たちは車をガレージに入れるために雪かきをしなくてはならなかった。いや、あれは直接必要はなかったのだったが、年をとってきたドリスのためにできるだけ雪かきをしようということになったのだった。

ドリスにとっては私は初めて見る日本人だった。ドリスはヨークシャ訛《なま》りの持ち主だった。私は彼女の言っているんど出たことがなく、ひどいヨークシャ以外にはほとんど出たことがなく、ひどいヨークシャ訛りの持ち主だった。

ことがまったく聞き取れなかった。ウェスト夫人が座をはずすと、私たちはとたんにコミュニケーションがとれなくなった。静寂の中、彼女は不自然なぐらいに力一杯私に対して微笑《ほほえ》み続けた。とにかく好意を表現したかったのだ。頰の筋肉が引きつるのではないかと思うほど、彼女はいつまでもいつまでもにこにこにこ微笑み続けた。彼女からのクリスマスカードは今でもとってある。おぼつかない筆跡、まるで初めて文字を習った子どものようなたどたどしさ。けれどどんな流麗な筆跡にもまして私の心をとらえて離さない。

——ドリスには生涯一人だけ好きな人がいたのよ。それは中学校の先生で、彼が家の前を通るたびドリスは大急ぎで窓際《まどぎわ》に行ったものよ。でも、何にも起こらなかった。何にも。

英国の昔の家事労働というのは日本の昔のそれに負けず劣らず苛酷《かこく》なものがある。ドリスは八十年間それのエキスパートであり続けた。そしていいナニーだった。

ウェスト夫人が離婚したことでは明らかに夫君の側に裏切りがあった。それも当時八冊の本全てに自分で装幀《そうてい》、挿し絵も描いていた才能豊かな児童文学作家としてマスコミにも出始めた頃の手ひどい裏切りだった。もちろんドリスは全て知っていた。

――私が子どもたちを連れて家を出てから十年たって初めて、ヨークシャの私の住んでいた界隈《かいわい》では、私たちの離婚は私がアメリカ人だったせい、ということになっているのを知って愕然《がくぜん》としたわ。ドリスなの。ドリスがそういっていたの。彼女にとって私の夫はこの世で一番素晴らしい子どもだったの。そうでなくてはならなかったのよ。私の夫の側に非があってはいけなかったの。

それでもウェスト夫人は彼女をそういう「忠義者」として受け容《い》れた。ドリスは、最後までいいナニーだったのだ。

二十年前、私はドリスの家を出て後、ヨークシャデイルを真っすぐ東に突っ切る長距離バスに乗りスキプトン、ケンダルと経て湖水地方に出た。その頃はまだビアトリクス・ポターの家は今ほど便がよくなく、ホークスヘッドまでたどり着くとニアソーリーへのバスは一週間に一回しか出ないといわれた。それで歩いていった。そのときのイスウェイト・ウォーターの美しさは今でも忘れられない。

その後レイク・ディストリクトに行くたびにポター邸はともかく、イスウェイト・ウォーターだけには寄っていたのだが、今回行ってずいぶん変化しているのに気づいた。まず建物が増えた。それから何かの養殖場のようなものができていた。

嘆くつもりはない。変化に気づいたというだけのことだけれど。

あるとき、ウェスト夫人はいつもの日曜のミーティングから帰ってくると昂揚《こうよう》した調子で、

――今日、フィンチ夫人がミーティングの途中に急に気絶してしまったの。床にバタンと倒れてしまって。そのとき、まあ、なんと鬘《かつら》が外れてしまったのよ。誰も知らなかったんです。みんな息をのんだわ。そのとき、ジャックが助け起こしたんだけれど、彼が駆け寄ってまず最初にしたことは何だったと思う？

フィンチ夫人はかなりの高齢、ジャックだってそうだ。私は、さあ、といった。

――黙って鬘をさっと彼女にかぶせたんです。それが最初にしたことよ。それから助け起こしたの。すてきだと思わない？　ジェントルマンよねえ。

ウェスト夫人はこの手のダンディズムに弱いのだ。

私が二十年前、英国で在籍していた学校は（もともとが地方の有力な名士の館《やかた》で、女学校になっていたのを、ベル氏という人物が戦争に徴兵された経験から、世界平和を達成するためには世界中の人々が互いに分かり合わねばならない、と、一念発起して建てた語学学校だった。ウェスト夫人は女学校時代からそこで教えていて当時の私の担当教官だった）、校舎とともに古風な伝統を残しているところで、女子学生がドアの前に立つと、そばにいる男子学生は、たとえ自分がそのドアの向こうに用事がなくともすかさずドアを開けて女子学生の通行を助けた。女子学生はにっこり笑って「ありがとう」と応《こた》える。当時はそこにいたのは、スペイン貴族とか、アジアの某国の副大統領とかの子弟たちで、私自身とは全く縁のなさそうな、創立者の初心ともかけ離れた、スノッブな学校になっていた。あるときなどオランダから来ていたポールという男の子が、今日は父が来るんだ、というので、じゃあ、早く駅まで迎えに行かなくちゃ、というと、戸惑った顔でいる。しばらくするとヘリコプターの音が彼方《かなた》から聞こえてくる……とか、ベルギー出身の女の子と話していても、山の家、海の家、いくつもいくつも「家」が出てくるのに驚いたり、旅行でいったスイスの友人の家も、巨大なマンションのようなものを指してあそこ、というのでその中の一角だとばかり思っていたら、全てがそうだった、とか。スペインの友人の家に行けば、食事の間中執事がずっと後ろに立っていて、ナイフでも落とそうものならあっという間に代わりを差し出す、等々、未《いま》だになぜ私があの学校に入っていたのかわからない。彼らのことを、ヨーロッパに生まれながら英語ごときでわざわざ英国に留学するのはよっぽどの金持ちの問題児で……という噂《うわさ》もあったが、皆知り合ってみるとそれなりに味のある面白い子たちだった。語学だけでなく「ジェントルマンとは」という、英国の有力な売りイメージも「教育」のうちに入っていたのかもしれない。けれど当時の校長のイアンは、創立者と共に夢を持ってこの学校を開いたメンバーの一人だった。雰囲気は今のブレア首相によく似ていた。イアンはまた私の大好きなマーガレットの夫でもあった。マーガレットを知り、頻繁に彼らの家を訪れるようになって、私はその生き方に深く惹《ひ》きつけられていった。当時はまだ二人とも四十代だっただろう。彼らも試行錯誤の中を疾走していた。

今は経営者も代わり教育方針も学生たちもすっかり変わってしまったそうだが、当時意識せずそれに徹底して慣らされ甘やかされたせいで、日本に帰ってしばらくは、ドアを開けるときとか、乗り物に乗るとき、偶然異性と一緒になったとき、一瞬身を引いて相手の出方を待っている自分に気づいた。無意識に、体の動きのリズムが止まってしまうのだ。私は心中深く恥じ入った。これは私の本来の美意識に反する、良くない風習を身につけてしまったのだと悟り、それから、率先して自分からドアを開けるように意識して努めた。自分の力でドアを開け、その向こうの新しい空気に触れ、自分の足で踏み出してゆくこと。

何年か前、新聞である女性のコラムニストが、日本の男性たちがエレベーターで女性を無視し、我れ先に降りようとしたことにふれ、西洋に比べ、日本の男性の文化的洗練度の低さを嘆いている文章を読んだが、そのとき私は、その女性、その人自身の甘えに呆《あき》れ憤慨した。今考えると、憤慨する私も大人げないのだけれど。

他人に何を期待しようというのだろう。生まれつき自分に他者が奉仕すべき何かの特権があると考える方がおかしい。男性の場合でもそれは同じだと思う（だから私がそのときその女性に自分と同じような考えを「期待した」こともまたおかしいのだけど）。

英国に帰るとよくこの手の騎士道に由来する「甘やかし」に遭遇し、そのたびそれを心地よく思う自分と、「コレヲ　トウゼント　オモッテハ　イケマセン」と訓戒を垂れる自分とが葛藤《かっとう》するのを感じていた。

私にとって理想的なクウェーカーの生活とは、その後者の自分が激しく求めている、無駄なものをすべて削《そ》ぎ落とし、ただ内なる神とのコンタクトにのみ焦点を当てる生活だった。

しかしそういうことが現実生活において可能なのだろうか。だとしたらどういう形で？

そしてそういう生活は、例えば働き者で忠義者のドリスの生活とどれほど異なっているのだろう。ドリスの生活の延長線上にそれはあるのか。日常を内省的に深く生き抜くことでそれは経験できないものか。

観念的な言葉遊びはもうたくさんだった。文字の内側に入り込んで体験したかった。本など読むこともなかった働き通しのドリスの生活と、ストイックな修行僧の生活。それは、個人的な経験として、どう異なっているのか。日常を深く生き抜く、ということは、そもそもどこまで可能なのか。

とうとうイーズデイル・ターンにたどり着いた。ターンは山頂にある小さな湖を、ウォーターは比較的平地にある同規模のそれ、ミア（グラスミア、ウィンダミア）はそれより大きめの湖を指す。

先日からの雨で、湖から流れ出る川の水量が増している。普段なら石伝いに渡れるはずの川の流れが激しく、その石の上まで水が趨《はし》っている。やはりそれしかないだろう、と覚悟を決める。両手で靴を持ち、裸足《はだし》になって渡っている。やはりそれしかないだろう、と覚悟を決める。それしかない、と覚悟を決める瞬間は、外から見てどうであれ、個人の体験としてはいつでも自力で重いドアを押して向こう側の空気に身を晒《さら》すような清冽《せいれつ》なものだ。

マルグリット・ブールジョワは一六二〇年フランス・トロワに生まれた。二十歳のとき「神からの呼びかけ」を聴き、生涯を神に捧《ささ》げることを決意する。当時、修道女が修道院の外で活動することは禁じられていた。しかし修道院の中で祈って暮らすより、彼女は世俗の中、人々と共に在りたいと願った。それで修道女ではなく協賛会員という形で教会と関係を保ちながら、トロワの貧しい地域に出かけ、今で言うボランティア活動を実践した。

その後（キリスト教的には）まだ未開の地であったカナダへ渡り、先住民や開拓民の子どもの教育、病人の看護に当たる。大西洋を渡る程度の航海でも当時は命がけだ。数ヶ月かかる航海中、船の中ではペストが流行《はや》る。マルグリットは看護に献身する。やがてその活動が認められコングレガシオン・ド・ノートルダム修道会を設立する。

世俗の裡《うち》で祈りを実践する生活。日常の中で祈りを昇華させる生活。

しかし、彼女の集会所を訪れ、私で何か手伝えることはないか、必要なものはないか、と聞いてきた提督に、彼女は、

――何もございません、ただ、先住民の砦《とりで》に建てた十字架が、何度も倒されるのです。ちょっとやそっとでは倒れない十字架を建ててください。

と頼んでいる。

当時、その砦というのはフランス側も認めた先住民の土地である。アメリカ大陸の先住民が独自の素晴らしい精神文化をもっていることは今では周知の事実である。その砦にキリスト教の十字架を打ち立てるという厚かましさと無神経が、宣教の偽善の力で彼女のような祈りの人までを介して推し進められていく。

それから――邪推かもしれないが――女性としての甘えが感じられないだろうか。実践の力の強ければ強いだけ、何かが少し、方向を違えたときにもその細部における微妙な方向修正がきかない。彼女の場合にそれを責めるのは酷かもしれない。今でこそ、そういうデリカシーが時代の教養として人々に刷り込まれてきているけれど、当時の時代背景を考えればキリスト教の宣教は彼女のアイデンティティそのものにまでなっていたであろうから。

ただひたすら信じること、それによって生み出される推進力と、自分の信念に絶えず冷静に疑問を突きつけることによる負荷。

相反するベクトルを、互いの力を損なわないような形で一人の人間の中に内在させることは可能なのだろうか。その人間の内部を引き裂くことなく。豊かな調和を保つことは。

裸足の足を流れに取られないように岩の上においていく。岩の上を趨る水流はさほど深くはないが先日からの雨のせいで、激しく峻烈《しゅんれつ》だ。平らな部分より少し傾斜のあるごつごつしている場所の方が足を安定させ易《やす》い。

何か方法があるのだろう。それは歩行の際、着地点を瞬時に按配《あんばい》するような、そういう何かちょっとした無意識の筋肉の操作に匹敵するコツのようなものなのだろう。二つ以上の相反する方向性を保つということは、案外一人の存在をきちんと安定させていくには有効な方法なのかもしれなかった。コツさえ見いだせば。

何とか無事に川を渡りきり、湖岸に座る場所を確保する。湖岸には至るところ岩がごろごろしていて、ヒースに覆《おお》われた丘がすぐ近くに迫っている、寂しい湖だ。番《つがい》の水鳥が、湖の中央あたりで漁をしている。何かいるのだろうか、こんな高所にある小さな湖にどんな魚がいるのだろう。そう思っているとすぐ目の前を小さなハゼのような魚の影がよぎっていった。

この荒涼とした風景の中を流れる風は、私の中ではそのまま海峡を渡ってアイルランドにまで吹いている。それはもう精神的原風景と言っていい。

グレンソンのあのシンプルな部屋にも同じ風が吹いていた。どこか懐《なつ》かしい風。しかしなぜ懐かしいと思うのだろう。この親わしさは何なのだろう。子どもの時から知っているような。そう、時を超えて子ども部屋に通じているような風。

ああ、そうか、子ども部屋だ、と思った。

子ども部屋は単なる子どもが生活する場所というよりも、人が自分自身を創《つく》り上げようとするときの人目をはばからぬ試行錯誤の場であるような気がする。少なくとも私にとっては。もちろん、人形遊びもしたし、読書もしたし、詩作に耽《ふけ》ったりもした。子どもであるという気楽さはそのまま純粋に思索に浸れるメリットもあったが、子ども部屋にいた頃は、半人前であり未だ mature でない、ということに対する強い劣等感と無力感があった。今思えば何と自意識過剰の子どもだろう。だが当時自分が無力な子どもであるということ自体耐え難い屈辱のように感じられたのだ。それがあまりに強く刻印されたのでこうやって大人といわれる年齢になっても未だにそのムードを引きずっているのだろう。子ども部屋を出たその場から、たとえ日本にいても、私にとってはどこでも異国だった。言いかえれば、子ども部屋の風が吹いているところは、私にはどこでも懐かしい故郷なのだった。

湖の向こう側からぽつんと人影が現れ、やがて次第にこちらへ近づいてきた。よく見るとさっき羊歯《しだ》の茂みを掻《か》き分けながら下りてきた人と同一人物だ。目が合うと向こうも私だと確認し、信じられない、というようなジェスチャーをとった。

——何でそんなところから現れるわけ？

私もあっけにとられて思わず叫んだ。

——だって、さっき下に歩いていったでしょう？……正しい道を？

彼も吹き出しながら応じた。

——神のみぞ知る。

それぞれの戦争

今回のサリー州の家は、S・ワーデンから電車を乗り継ぐと半日がかりにもなったので、しょっちゅう会えるというわけではなかったが、それでも、ウェスト夫人は来るたびに何日か逗留《とうりゆう》し、彼女の存在で私の家は確実に「ホーム」らしさを増していった。

それは夜遅く居間で何げなく始まったウェスト夫人の父親の思い出話だった。私は半分眠りかけていたのだが、彼女の漏らした「父は銃を持つことができなかった」という一言にあっという間に覚醒《かくせい》した。それで次々と質問を浴びせた。彼女は自分の父親の自慢話になるような気配を警戒してか、そういうことは今まであまり話してくれなかったのだ。いつもの、知人の話をするようなヴィヴィッドでいたずらっぽい語り口では全然なかった。私が（いつもと違い）本当に真剣になっているのを察して、訥々《とつとつ》とではあったけれど、語り始めた。

ウェスト夫人はニューヨーク州、バッファローの生まれだ。

父のボーエン氏は、地元の保険会社のようなところで働いていた、ごく普通の市井《しせい》の人である。彼は戦争中徴兵されたが、銃を持つことを徹底的に拒否した。何度も何度も無理やり持たされたがそのたびに下に落とした。殴られ、軍の監獄に入れられた。

そういう、時代の圧倒的な力の前に、個人がどこまで抗し得るか、個性が抹殺されずに生き延びることがどこまで可能か、ということに私は人ごとでなく関心があった。英雄でもなく著名でもないごく普通の人々が、自らの尊厳を守り抜く話には敬意を払わずにいられなかった。

——宗教的なバックグラウンドがあってのこと？

——いいえ、別になんにも。そうね、若い頃は牧師になりたかったけれど婚約者だった私の母に反対されたっていうことは言っていたわ。

——でもすごい勇気だと思う。そういうものを強大な宗教的なバックがなくて、つまり素面《しらふ》で持ちうるというのはすごいことだと思う。

——ただそれがいやだったのよ。彼の友人は同じようなことをして獄死しているし、彼もそれを知っていたからもちろん覚悟としては生半可なことではなかったでしょうけれど。それから軍事法廷が開かれて、そのとき彼の友人のクウェーカー教徒が、彼が自分の信念から、そういうことを拒否しているのだと証言してくれて、彼は釈放されたの。懲役の代わりに平和主義者の集まりといっしょに難民のための小屋を造る仕事をやることになったの。

私は驚き、そしてアメリカってすごい、と初めてあからさまにそのときアメリカをほめた。そういう戦時下で法廷がきちんと開かれて、そして裁判官がそういう判決を下すということが、そのときの私には奇跡のように思われた。軍事法廷の意味がよくわかっていなかったのだ。知っていたらもっと驚いただろうが。

――確かにアメリカでいつもそういうことが行われていたわけではないのよ。彼はとてもラッキーだった。前にも言ったように同じようなことをして獄死する人もいたんだから。時代が一瞬、そういうことに敏感になったこと、たまたまその裁判官にセンスがあったこともあると思うわ。

ウェスト夫人はアメリカ出身だがその観察はいつも客観的だ。

――大不況がきて会社を解雇され、自分で何かしなくてはならなくなったとき、父は黒人のためのレストランをつくろうと思ったの。当時はまだ、黒人の入れるちゃんとしたレストランがなくて、いろいろひどい場面を見ていたからなのね。当時はそういうものだったの。ものすごい妨害にあったけど父はレストランをつくった。私たち三人姉妹も地域でいろんな目にあった。

どんな目にあったかは彼女は言わなかった。私も訊《き》かなかった。ただひとつ、このエピソードだけ、ゆっくりと語った。

——あるとき、私たちの住む地方の、私たちの町だけに雹《ひょう》が降ったの。農作物は全滅。みんなは私たちがそんなレストランを作ったせいだというの。神の御心《みこころ》にそぐわないことをしたせいだって。

私は小さく笑い、彼女も少し笑った。

——それでも黒人の人たちからは感謝されたし、私たちは父のことを誇りに思っていたわ。

私はそのとき突然ナイジェリアの人々のことを思いだした。

——ああ、だからあなたはイヤビのことを、小さな黒人の赤ん坊を引き取ったのね。あなたはそのときのことをふとした気まぐれのようにいつもいっていたけれど、それは父から娘へ繋《つな》がった流れの一つだったんだわ。

彼女はふっと考える表情になり、

——私は……そうねえ……ただ私の子どもたちに人種的な偏見を持って欲しくないと思ったんだわ。それと父のことと関係づけたことはなかったけれど……言われてみればそうだったかもしれない。私がクウェーカーにずっと親しみを抱き続けていたのも、クウェーカーの人々が父にとても良くしてくれたことが下地にあったのね、きっと。

——でも、お父さんはクウェーカーというわけではなかった。

——ええ、父はクウェーカーではなかった。でも私が大人になってクウェーカーに入るって言ったときも反対はしなかった。私は戦争の時、いても立ってもいられなかった。女には何もすることがなかったのよ。私は何かしたかった。でも平和のためにね。それでクウェーカーに入って——クウェーカーは当時、赤十字のような活動をしていたの——戦後の復興を助けるためにドイツに行ったの。

彼女はそこで同じように英国からやってきたクウェーカー、将来の夫君になるウェスト氏と知り合うことになる。

ウェスト夫人は若い頃美術系の大学を卒業して、そのころニューヨークにあったロングマン・グリーン社という児童書の出版社の社長秘書をしていた。戦前のニューヨークのキャリアウーマンだなんて、まるで古い洋画の登場人物のようで、私はよく彼女にその当時の話をせがんだものだ。

しかし、そのとき、彼女の父君についての話のときは、いつもの思い出話よりははるかに私は真剣だった。こういう人間の belief にまつわる話には、私はいつでも瞬時にのめり込む癖がある。

この歳《とし》になってようやく、自分がどういうものに興味を持ち、どういうものに全く無頓着《むとんちゃく》なのかわかってきた。私は例えばコソボ紛争の政治的な成り行きにはあまり関心がない。しかしその結果、アレキサンダーたち姉弟が幼い頃に親を目の前で失い、その生い立ちのために特異な価値観を形成するに至った過程には、理解したいという欲求が強く起こってくる。

カマラとアレキサンダー姉弟はユーゴスラビア出身コソボ難民で、例によってクウェーカーのネットワークを通じてボランティアを申し出たウェスト夫人の下宿に一年滞在した。私はこの間の彼らのことは直接には知らないが、噂《うわさ》は逐一耳に入ってきていた。

例えば彼らは店に入っても店員さえ見ていなければ何を盗んでもかまわないと思っている。エマニュエルはそれを知って色をなし、彼らに「道徳」ということを教えようと膨大なエネルギーを費やしたがついにそれは失敗に終わった（と思う）。しかし彼らには彼らなりの付け焼き刃でない道徳がある。その一つとして、彼らは恩義を感じた人間には終生忠義を尽す。彼らがウェスト夫人にしょっちゅう捧《ささ》げる花束と、子供のように素直な視線にはいつもハッとさせられる。

しかし英国で過ごした初めてのクリスマスの時、(そのときたまたまウェスト夫人はアメリカに帰っていて、下宿のクリスマスパーティはロンドンからエマニュエルが帰ってきて仕切ったらしい)彼らには互いにプレゼントを交換するということの意味が分からなかった。彼らは自分たちがもらったプレゼントが定価いくらのものか、送り主に問いただし、自分の相手へのプレゼントがそれ以上のものだった場合、その差額を要求した。

——パーティはさんざんだった。彼らにはクリスマスプレゼントということが全く理解できなかった。彼らはそれを、一種の商取引きと見なしていたんだ。

ウェスト夫人はエマニュエルの報告を聞いて愕然《がくぜん》とした。

——彼らはそういう経験がなかったのね。考えてもみて。無償のプレゼントの経験の全くない子供時代を。クリスマスの楽しみのない人生を。

ぞっとする話だ。だが彼らはムスリムなので、またそれは全く違うパラダイムから照射できることなのだろう。カマラはそれから精神に異常を来《きた》し、病院に入院したが、今は退院し、弟のアレキサンダーと同居している。彼の姉への献身ぶりを聞くたびに、同じ道徳を共有していないからといって簡単に彼らを非難できないと思う。事はそう単純ではない。

価値観や倫理観が違う人間同士の間でどこまで共感が育ち得るか、という課題。

つい最近、所用で日本から国外へ出るときのことだ。

京都から関西空港へ向かう車中、新大阪駅から乗り込んできた数人のグループがあった。そのうちの一人、背の高い七十年輩の男性が私の隣に座った。ほかにまだ席はたくさん空いているのに？　ちょっと不思議に思っていると連れの五十年輩の女性二人が後ろの座席に座っていた人々に対して文句を付け始めた。と、私の隣の男性が後ろを向いて彼女たちをたしなめる。癖のない英語だ。空いているところに座ればいいじゃないかという。でもここ私の席よ。車両だって間違っていない。ここで男性ももう一度ちらりとチケットに目をやる。彼のチケットの座席番号はまさに私の座っている席だ。そんなはずがないので、私はたぶん彼らが、予定の列車より早いか遅い列車に乗ってしまったのだろうと思う。しかしそれに気づいていないにもかかわらず私をとがめ立てしないのはとても寛容だ。連れの女性たちは私と彼の前の座席に座ったがまだ憤懣《ふんまん》やるかたない様子。振り向きつつ、

――この人たち、私たちと同じ番号のチケットを持っているのよ。

――まあまあ。おもしろいこともあるものだ。

そういってから、彼は隣に座る私を気遣ってか、
――私はアメリカで生まれまして、彼女らは姪《めい》なのですが、日本語が話せんのです。
と、柔らかい口調の日本語で話しかけてきたので、私もついお節介をする気になり、
自分のチケットを見せながら、
――ここの列車番号のところ、お持ちのチケットではどうなっているでしょうか。
私も以前同じような経験があるので……。
頭の回転の速い方らしく、即座に意味するところをわかってくれ、そこで初めて私
をじっとみて、
――新大阪駅でずいぶん迷ってしまったので……いや、本当に。
――わかりにくいですよね。
私も頷《うなず》いた。
彼は早速姪御さんらに事情を説明する。やがてほっとしたような笑い声が広がる。
――いや、どうも。
私は実は関空に着くまでの間なるべく眠りたかったので、この会話はこの辺で終わ
るだろうと思い、また彼らが乗り込む前のように居眠りの体勢に入ろうとしたが、彼
がぽつんと、

——私はカリフォルニアで生まれ、向こうで教育を受けました。

何かそのとき閃《ひらめ》きのようなものが起こり、少しためらったのだが思い切って、

——では戦時中は日本にお帰りに?……

と切り出した。瞬間彼は視線を伏せ、内側に沈み込む人の声になり、

——……いや、アメリカで過ごしました。強制収容所で。

私は居住まいを正す。

——ご存じですか?

私は頷いた。彼はそれを確認して、

——ひどいもんでした。まるで馬小屋ですよ。急造のバラック建てで床にはアスファルトが流し込んであって、冬は寒くて寒くて……。フレスノ強制収容所です。カリフォルニアの真ん中にある。そこからアーカンソー州のジョロムというところで忠誠の問いをたてられたのです。つまり、おまえたちは敵国出身だがアメリカに忠誠を尽くす気があるのか、というのです。……怒りましたねえ。自分たちはずっと自分はアメリカ人だと思ってきた。それなのにほとんど着の身着のまま、荷物は両手で持てるだけしか許されず、預金も凍結、いきなりあんなひどいところに押し込められて……だってドイツ人もイタリア人もそんな目にはあっていないわけですよ。それが、二世

も三世も、日本人の血が一滴だって混じっている者は——一滴だって、という表現です——有無を言わさず強制的に収容されたんです。子が親に裏切られたような思いです。何が今更忠誠だって怒ったら、不忠誠の烙印《らくいん》を押されてカリフォルニアのオレンゴにあるツールレイク隔離収容所というところに送られました。

——当時忠誠を誓わなかった人というのはどのくらいいたんですか。

——それは全部で一万四、五千ぐらいだったと思いますよ。自分たちはそこで日本へ帰国させろ、と市民権放棄運動をやったんです。

——失礼ですが当時おいくつぐらいでいらしたんですか。

——ハイスクールの頃です。僕は陸上をやっていてカリフォルニアのインターハイで優勝したこともあったんです。

——すごいですね。

——当時市民権をくれという運動はあったが、市民権を放棄させろという運動はなかった。それで当局も戸惑って新しく議会で法案を成立させせなければならなかった。

——法案は通ったんですか。

——最終的にはね。ツールレイクである事件が起こった。収容所の管理員が日本人の食糧をこっそり盗んでいたのを、日本人の保安要員が問いただしたら殴られてけがをして帰ってきたんです。ジュネイヴァ条約では三ヶ月分の食糧は確保されなくてはならなかったのに。それで代表者会議があり、そのとき重要な人物に管理事務所にきてもらおうとしていたところだったので、今事を起こすなと皆に言いにいってくれと言われて——ほら、僕がインターハイで優勝してるのをその人は知っていたんでね——走ってその決定を知らせにいこうとした、そのとき友人の轟《とどろき》というやつが一人じゃ心配だからというんで後ろからついてきてくれた。夜の道を走りましたよ。しかしそのとき物陰から数人のアメリカ軍の軍人たちが現れた。鉄砲、バット、ピストルで武装してね。気絶するほど叩《たた》かれた。それから夜中の九時から朝の五時まで拷問《ごうもん》を受けました。

——……。

——途中でタニー・小林という男が——この男がアメリカ人が食糧を盗んでいるのを最初に発見した保安要員です——連れられてきた。そして自分が見たのは誤りだったといえ、と脅されるんですが彼は頑としてきかない。壁に手を挙げさせられて拷問を受ける。野球のバットで頭を叩かれる。二回目で頭が割れ、脳天から血が噴き出す。三回目でバットが真っぷたつに割れる。全《すべ》て血だらけです。僕もそのときは陸上のユニフォームを着ていたんですが何もかも真っ赤に染まりました。タニーは病院に送られて亡《な》くなりました。

——……。

実は彼がこれを話す前に、私は彼に、そこまで抵抗して拷問を受けるようなことはなかったのですか、と立ち入ったことを訊《き》いている。そうでなければ彼は準備のない人間に進んでこういうことは話さなかっただろう。語り口にはきちんと感情をコントロールできる人の抑制と穏やかさがあった。

私はまだハイスクールに通うような少年が、そういう現場に立ち会ったこと、そういう目に自ら遭ったことを思い、痛ましさに眉間《みけん》に皺《しわ》が寄るのを感じた。思わず手で口を押さえる。

——それから僕たちは軍の重営倉に入れられました。軍の監獄ですよ。おまえらが首謀者だ、といって罪を全部こちらになすりつけようとするんですな。僕たちも、弁護士を呼べ、ＦＢＩを呼べと騒ぐ。結局八ヶ月そこにいました。その話が日本国の政府にも届いて抗議がくる、最後にスペインの領事が会いに来てくれて僕たちの言い分を聞いてくれた。

——スペインの領事というのはどうして。

——当時の日本の友好国ということだったんでしょう。自分は日本国の利益代表国の使者としてきているのであって、君たちがアメリカの市民である以上、内政干渉になるので自分には何もいえないが、とすまなさそうにしてね。

——まだアメリカ市民でいらしたわけですね。

——そう、そのときは。だがそのスペインの領事がせめて欲しいものはないか、と訊いてくれたので、じゃあ、タバコを一本、といったんです。いや、あれはうまかった。あの一本のタバコ。あんなうまいタバコは……。一生のうちに初めてです。それと人の心の温かさね。嬉《うれ》しかったなあ。

私はここでようやく少しほっとする。

——それから僕たちはハンガーストライキをやりましてね。八日目に気を失って病院に入れられた。それでアメリカの市民団体や弁護士グループが騒ぎ出した。あんまり非人道的なことをやると日本にいるアメリカの捕虜たちもひどい目に遭わされるんじゃないかというわけです。それで無条件釈放。大島大使らといっしょにシアトルから海軍輸送船で帰ってきたんです。

——何人ぐらいですか。

——四百人です。しかし当時の記録がまるで残っていないんだ。日本側にもアメリカ側にも。どうも、秘密裡《り》に捕虜の交換、ということだったんじゃないかと思っています。そのとき戸籍も作られたんですが、自分がアメリカで生まれたということはどこにも記載されていない。どこを探しても、僕らのような人間がいたという記録がない。……しかし、想像はしていたが日本の惨状というのはあまりにもひどかった。一緒に帰ってきた者の中には自殺する者もでた。轟も自殺しました。

語り口は依然として淡々としている。

当時は日本語も皆それほど流暢《りゅうちょう》だったわけではあるまい。やっとの思いで帰国した祖国で受けた扱いは、彼はひと言もそれについては言及しなかったが、決して温かいものばかりではなかったに違いない。それでなくて念願の帰国を果たした彼の親友が自殺にまで追い込まれるわけがない。

私は相槌《あいづち》の打ちようもなかった。

電車は田畑の中に新興住宅が点在するのどかな郊外を走っている。いい天気だ。

——ここはどの辺ですか。

——泉佐野のあたりでしょうか。大阪府と和歌山との境に近づいています。

——関空というのは人工島なのですか。

おそらく彼はこういうことはとっくに承知しているのだろうが、私を慮《おもんぱか》り少し話題を変えたかったのだろう。

――ええ。大きな橋が架かっています。もうすぐ電車は海の上を通過しますよ。

彼は頷いて、それからしばらく沈黙した後、

――戦後、GHQの要請でマッカーサーに呼ばれたことがある。とにかく言葉が通じなくて困っている、君たちの力が必要だと言うんです。何を今更、と思いましたね。今更何を言っているんだと。自分たちはアメリカ政府から不忠者の烙印を押された人間だ、アメリカのために働くつもりは更々ない。しかし日本政府からの要請があったら話は別だ、と言いました。それで向こうは内務省を通して依頼してきた。それで仕方なく応じたのです。まず交通機関。各駅に英語のわかる人間を配置すること。それからアメリカの食事ですな。日本で洋食といったらフランス料理だが、彼らは――アメリカの軍人はそんなものは食わんのです。たまたま僕はハイスクール時代、レストランでアルバイトをしていたこともあって、逗子《ずし》、鎌倉《かまくら》をベースにしてコックに料理を教える組織を作った。それから日本の温泉が傷病兵にとてもいいので、各地の温泉旅館を接収して――旅館にとってもかなりの好条件でですよ――傷病兵の保養所にした。

――アメリカの傷病兵のですね。

――そう、連合軍の傷病兵のです。北は仙台から南は長崎、佐世保まで。あのころ

は飛び回っていたなあ。そういうことが数年続きました。それからいろんなことがあって……もう七十九にもなりましたよ。

彼の話は以前NHKでとりあげられたらしい。だが私は寡聞《かぶん》にしてそのことを知らなかった。

——何年か前にね、僕の出たハイスクールで、僕に卒業証書をくれるというんで、アメリカに渡ったんですよ。当時の陸上コーチやクラスメートが集まってくれてねえ。みんなで抱き合って……。それがニュースになって全米に流れたんですよ。

彼は嬉しそうに目を輝かせて語った。私も嬉しくなる。

——まあ……。すぐに皆さん、誰が誰だかお分かりになりましたか。

彼は大きく子どものように首を縦に振って、

——わかるんだ、それがわかるんです。嬉しかったなあ……。

——何年前ですか。

——……七年かな。そう、七年、七年前のことです。

彼はそこで少し言葉を切って、

——それでようやく、自分にとってこの戦争が終わったと思いました。気持ちの整理がつきました。僕はやっと、もういい、と思えた。

私は胸を打たれた。彼はそれから表情は変えないまま絶句した。

電車は海を渡っていた。

それからまもなく関空に着くまで私は何もいえず、最後に名前だけ教えてもらい、礼を言って別れた。

ウェスト夫人がサリー州の私の借家に滞在していたときの話に戻ろう。

散歩から帰ってきたある午後、テレビをつけると、彼女の好きな白黒の古い洋画の場面になった。キャストにジョン・ウェインとある。楽しめるかもしれない、と私は言い残して台所で用事を済ませるために彼女一人そこに残した。

しばらくして彼女はいても立ってもいられない、というような顔をして台所に現れた。

――パールハーバーの話だったの。あの、日本人を……。

私は瞬時にその内容を理解した。そういう映画があることを知っていた。日本人を卑怯《ひきよう》な醜い人種として描くことでアメリカ人の連帯意識と正義感を高揚させる類《たぐ》いの映画。

――私はとても見ていられない。

彼女は私の家のテレビのリモコン操作が苦手だった。すぐに消すことができない。彼女の目には私を気遣う何か、申し訳なく思う何か、それから憤慨する何か、が悲しみの色調を伴って揺れていた。彼女は今年七十九の誕生日を迎えた。こういうふうに少女のように動揺する自分を、彼女があらわにすることはあまり今までなかった。

——わかった。

私は彼女の肩を軽く抱くと、すぐに居間にテレビを消しに走り、台所に戻ると、

——もういい、もういいわ。

といった。

それからずっと、二人で黙ってジャガイモの皮をむいた。

夜行列車

トロントからPEI（プリンスエドワード島）へは、普通飛行機で行く。地上を移動するとほとんど二日がかりになるが、私は列車で行きたかった。

その時期PEIはオフ・シーズンで、どこも開いていないだろうとは聞いていたが、何もレジャーを期待しているわけではないので、それはいっこうにかまわなかった。たまたま同じ方向に行くという日本人も二人いたので、思い切ってオーシャン号のトリプル・ルームを予約することにした。一車両に一つしかない、ワイド・ウィンドウの個室だ。モンゴメリの辿《たど》った道行きの風景が間近に見られる、というのは嬉《うれ》しい。

トロントの中央駅からコリドー東部近距離鉄道でモントリオールまで約五時間。この列車は、食事の前に給仕がメイン料理の注文を取りに来たり、食前酒のサービス、オードブル、食後のデザート、飲み物など、飛行機に乗っているのと変わらないサービスだ。なのに窓硝子《ガラス》は汚い。埃《ほこり》だらけだ。やる気があるのかないのかわからない。

線路はセント・ローレンス川沿いに、いわゆるメープル街道といわれた地域に走っている。

どこもかしこも雪景色で、畑なのだか荒れ地なのだかも分からない。列車はセント・ローレンス川に注ぐ支流をいくつもまたいで行く。細い細い流れ、川岸に沿って木々がそれらしく立っているので流れがあると分かるけれど、ほとんど雪に埋もれて、あるところで少し姿を現し、また雪に埋もれて、という具合。雪原の真ん中にぽつんと車が取り残されている。そこまで来たタイヤの跡は残っているが、人は乗っていない。どういうことなのだろうと、訝《いぶか》る。すぐにまた車窓の風景は移り変わる。が、どこも雪に覆《おお》われているので変わり映えはしない。見えている空の量が変わるぐらい。森がぐんと近づけば、空は見えなくなるし、建物が線路際《ぎわ》にあれば空は三分の一ほど。牧場にさしかかれば木々は後退し空は広がる。

モントリオールからはＰＥＩの対岸のモンクトンまでオーシャン号に乗る。

モントリオール駅にはプラットホームにカウンターが出現して、チケットをチェックすると係員が通路を開け、オーシャン号のプラットホームへ向かうようになっている。通路を渡り階段を下りると、それぞれの車両の入り口で係員が案内のために立っている。自分の番号とおぼしき車両の前に立っている女性の係員にもう一度チケットを渡す。——どの辺でしょうか。トリプル・ルームです。一車両に一つならわかりやすいだろうと先にそういうと、係員は私の荷物を手に、にこやかに中へ誘導し、そこにいた車掌にチケットを見せる。車掌はちらりとそれを見て私たちを先導する。最初は彼が何か勘違いしているのだと思い、私は軽い調子で、しかし、彼が指し示したのは個室のドアではなく、通路に面した座席だった。

——違います、トリプル・ルームです。

——ここだ、まちがいない。

頑固そうな白髪交じりの車掌は、もう一度自分の持っている座席予定表のようなものを眺めた後、断固として言い切る。

——でも、これはルームじゃない、通路です。私はベッドの付いているルームを予約したのです。

——時間になったら、こうやって、ここがベッドになる。

と、彼は向かい合っている二人掛けの椅子《いす》をそれぞれ広げる様子を見せる。しかし、そんなはずはないのだ。私はトイレ、洗面所付きの完璧《かんぺき》な個室を予約したのだから。すでに料金も払ってある。車掌はこれで事は済んだ、と言わんばかりに足早に去ってゆく。合点がゆかない私は、残っていた女性の係員に旅行代理店の予約確認書を見せる。

——ここに、トリプル、と記載されています。大体こういうところでどうやって三人も眠るんです？

一人だったら何とか眠れたのかもしれない。けれど三人もそんなところで眠るなんて縦にでもならない限り無理だ。私が代表でチケットを買っていたのにそんな申し訳ないことにはしたくなかった。

——一つの車両にトリプル・ルームは一つずつあるのでしょう？　そう聞いたのですが。

私は重ねて訊《き》いた。

——ええ、まあ……。

——そこを予約しているはずなのです。

若い女性の係員は予約確認書を子細に検討した後、

——ちょっと待ってて……。

また戻ってきた車掌に、何事か小声で囁《ささや》いた。年老いた車掌は断固とした声で、私に向き直り、

——あなた方はここです。

と言い切る。私は思わず、

——そんな馬鹿《ばか》な。そんな理不尽なことはないわ。納得できません。こんなことは起こるはずのないことです。

一歩も退《ひ》くつもりはなかった。さっきから彼の態度に何か、ごく軽い何か——人種的偏見のようなものを感じていたのだ。黄色人種をあの部屋に案内したくないという無意識の抵抗のようなもの。連れの日本人はとても気のいい人たちだったので、場の緊張緩和をはかるためか、私が何か気の利《き》いた冗談でも言ったかのように明るく笑った。女性の係員はちょっと困ったような顔をして、その頑固な車掌を見、それから私を見て、

——上の方と相談してくるわね、少し待ってて。

と囁き、立ち去った。車掌もまた新しい客を案内するために反対側へ去った。

カナダはとても心優しい人々の国だ、人種的な偏見のないところだ、それは彼ら自身が皆移民だからだ、そういう言葉をよく聞く。そしてそれは真実だから、私自身人にそういうことを言うことがある。実際、カナダ人は優しい。親切だ。しかし、それでも、このカナダでさえ、ふとしたときに軽い、ごく軽い東洋人蔑視《べっし》の気配のようなものを感じることがあるのは、私だけではない。長く住めば住むほどそれをどこか当たり前のように受け入れてしまう。何十年もこの国に住んでいる日本人に、私は皆共

通の、優しい翳《かげ》りのようなものを感じてしまう。それは同じ長く異国に住んでいるといっても英米に暮らす日本人の身につけるある種の押しの強さとはまた別種のものだ。

そこへ、さっきの車掌がやってきた。アラブ系の小さな子どもを連れた夫婦を後ろに率いている。私に向かって、

――あなた方の名前はこれか？

と、先ほど自分で見ていた座席予定表のようなものを見せる。彼が指したトリプルのところにはちゃんと私たちの名前がある。

――そうです。

やっとまともな展開になってきたという安心感と、最初から名前入りのチケットも見せているのになぜ気づかない、わからないのだったら、その予定表をもっと早く私たちに見せればいいのに、と彼を責める気持ちが同時に湧《わ》いた。

――そうか、この人たちの名前と間違えてしまった。

といって、彼が指すところを見れば、その名前は最初と途中のアルファベットは私の名と似たような綴《つづ》りでしかも同じ長さだ。だが明らかにそれは中東系の名前で、日本人のそれとは違う。日本人が見ても中東の人々が見てもその違いは明白なのに、カナダ人の彼には最初から思い込みがあって、それが柔軟には切り替わらなかったのだ

ろう。老いがそうさせたのかもしれない。もしかすると、以前にそうやって主張して部屋を乗っ取った厚かましいアジア人がいたのかもしれない。確かにカナダでのアジア系のパワーときたら、茫然《ぼうぜん》とするものがある。それに辟易《へきえき》していたのかもしれない。彼の事情はいろいろと思い浮かぶが、それでもそれは私自身の精神の波立ちを抑えるのにあまり効果がなかった。彼は先に立って私たちを部屋へと案内した。

——すまない、すまない、こっちです。どうぞ。

連れの日本人は明らかにほっとして、いやいや、わかってくれたらそれで、と優しく言っていたが、私は、本当は納得できていなかった。あのアラブ系の人たちがもし、事故か何かで予約を取ったまま来れなくなっていたとしたら、私たちはずっとあそこで途方に暮れていなければならなかったのだろうか。

部屋に通される。細長い部屋だ。列車自体の幅を考えれば当たり前なのだが。ロッカーとトイレのドア、椅子が二つにソファ。洗面台。そしてその長さいっぱいに大きな窓が付いている。やれやれ、よかった、じゃあドームの方を見てくるから、と連れの二人は出ていった。隣の車両には天井がガラス張りのドーム型のサロンが二階についている。昼間は、特に秋の時分は紅葉の景色がそれは素晴らしいのだそうだ。夜行になってもこれに乗ろうと思ったのはそこで星座を見ようと思ったからだ。

サロンの方へ行って何か飲み物をもらってこようと私も部屋の外へ出た。通路を少し行くと、さっきの女性の係員が背広の数人を連れてこちらに向かっているところに出会った。

――あ、さっきの……。

と、私に気づき、

――どうなりました？

――ああ、すべてうまくゆきました、ありがとう。

彼女は連れてきた人々とちょっと顔を見合わせ、それから私を見た。どちらかがまちがっていたわけでしょう？　それはどうだったの？　とその顔は言っていた。私は、あの車掌の行為自体は受け入れられなかったが、実は彼から漂ういかにも古い鉄道マンという風情《ふぜい》は嫌いではなかった。不器用な人なのだ。それにこの出来事自体は、この場のこの時の「私」には受け容《い》れがたいことだったが、本当はそれほど大したことではないのだとわかっていた。それで後で彼の不利益になるようなことは言いたくなかった。

――すべてうまくいったの。だから私は満足しています。

彼女は私から目を離さず、その目は最初いぶかしげに、それから私の本音をすくい

取ろうとするかのように深く光り、その間口元にはゆっくりとほほえみが広がってい
った。私は先ほどの彼女の彼への対応から、気遣いのようなものを感じていたのでそ
の目の動きに様々な可能性を思ったが、あまり深追いしなかった。私の彼に対する感
情と、多かれ少なかれ変わらないだろうと思った。
——わかりました。よかったわ。では良い旅を。
——ありがとう。
電車はやがてゆっくりと動き出した。地上に出て、それからセント・ローレンス川
を渡る。
サロンでカフェイン抜きのコーヒーとクッキーをもらい、再び個室に戻る。しばら
くするとドアをノックする音がして、例の車掌が立っていた。
——ベッドをつくります。ちょっと出ていてもらえますか。
私はどういうふうにベッドが現れるのか見たかったので、
——端っこで見ていてかまいませんか。
ときいた。
——どうぞ。かまいません。
彼は慣れた手つきでまずソファをベッドになおし、二つの椅子をベッドにし、さら

に壁の上の方に付いていたハンドルを横に回し壁全体を外すようにしてはめ込んであった上のベッドをその上にセッティングした。

——すごい。素晴らしい工夫ですね。

私は素直に感嘆した。

——これはアメリカ軍が駐留していた時代の軍用列車のシステムです。

彼は言葉少なに説明した。それからシーツをセットし始めた。

職人風の濃い眉《まゆ》。がっしりとした体格。

私はまださっきの波立った気分を引きずっていた。通じ合えるはずだ、と思った。この感情を彼に伝えたいと思った。

私は本当にはどう感じたのだったろうか。憤慨？　屈辱？　いやいや、そんな表面的なものに惑わされずにいよう。私が本当に感じたのは……。

——あなたが私の言うことを信じてくださらなかった、あのとき。

私は彼を真っすぐ見てトーンを落とし、ゆっくり話しかけた。彼の動きが止まった。

——私は本当に悲しかった。

静かだった。うつむいた彼の顔が一瞬で真っ赤に変わった。赤面する、というのを英語でフラッシュト、というけれど、本当にそういう感じだった。それから彼は何も言わず黙々と作業を続けた。私も黙っていた。作業を終えると、彼はおやすみなさいとだけ言い残して出ていった。私も、おやすみなさいと返した。

ぶこつな人なのだ。不器用な人なのだ。でもああいう目をした人を私は知っている。二十年ほど前、初めて英国に行った頃の話だ。ロンドンからS・ワーデンに帰ろうとして、降車駅を間違い、見たこともないような小さな駅に降りてしまったことがある。よっぽどの鈍行に乗ってしまったのか、どこかで乗り継ぐつもりだったのか、今は思い出せない。降りたとき一目でまちがえたとわかった。麦畑のほか、何にもないのだ。本当に、家一軒も。私はただ一人の駅員とおぼしき老人に声をかけた。

――A駅に行くんですけど。

――A駅に行く電車がここに停車するのは五時間後になります。

駅員は顔色一つ変えずに事務的に言った。

――五時間後！

私は愕然《がくぜん》として呟《つぶや》いたが、どんなリアクションをしたってその事実は変えようがない。

うなずいた駅員の、感情を表さない表情からそれをくみ取った私は駅のベンチで待つしかなかった。

麦畑を渡る風が吹いていた。堆肥《たいひ》の匂《にお》いが微《かす》かに混ざった風だ。電車も何本か通ったけれどどれも停車せずに通過した。通過するたび、彼は駅舎から出てきて、ホームに立ち、気を付けの姿勢で、通過列車に挨拶《あいさつ》するのだった。背は高く骨張っていてかくしゃくとした、いかにも英国の口べたの老人、という風情の人だった。

ロンドンの駅はその当時でもほとんどの駅員が有色人種で、親切な駅員も多かったが、賃金もそう高くなく、生活も楽ではないのだろう、疲れた顔をした人が多かった。こういう田舎の駅にはまだ昔ながらの英国人の鉄道マンがいるのだなあ、と私は電車を待ちながら漠然と彼の動きを目で追っていた。だんだん陽も傾いてきていた。吹く風にも冷たいものが混じってくる。

暗くなるかなあ、と思い始めた頃、彼が駅舎から真っすぐ足早に私に向かって来て言った。

――ma'am、来ました。

そして、細く長い腕を地平線の方へ向かって水平に挙げ、指さした。そこには真っ赤な夕日を背に、こちらに向かってくる電車の、ようやく見え始めた小さな先頭車両があった。

私は英国に来たばかりで、ma'am という言葉が、日本のいわゆるマダム、という意味ではなく、女性一般に対する敬称としても使われていることを知らなかった。知らなかったけれど、彼から滲《にじ》み出てくる何かから、とても丁寧に対してくれている誠意のようなものが伝わってきた。当時、私は私の人生の中で一番身なりにかまわない時期で（今でも基本的には大して変わらないが、町内会に参加するぐらいの社会性は獲得している）、とても ma'am などと呼んでもらえるような外見ではなかった。そのことを充分弁《わきま》えていた私は彼のプロ意識に感服した。

ジャコメッティの塑《そ》像《ぞう》のような彼のスタイルと中空にすっと伸ばされた腕、その先にある麦畑の向こうの落陽、こちらに向かってくる電車の警笛、麦畑を渡ってくる夜の気配を忍ばせた冷たい風、そういうものが全部いっしょになり、今も鮮やかにその場面が脳裏に蘇《よみがえ》る。その後も、いったん帰国してときどき英国に来るようになってからも、電車に乗るたびにあのときの駅を通過駅の中から探そうとするのだけれど、廃駅になったのか、見つからない。やがて車を利用するようになってからはもうぜんぜんわからなくなった。たぶんもう彼もこの世にいないだろう。

遇された内容は正反対なのだが、この彼にはどこかあのときの駅員を思わせるものがあった。

戻ってきた連れと共に食堂車に行き、食事を済ませてから私もドームに上がった。期待に反して外は曇り空らしく真っ暗で何も見えなかった。しかし私はその昔モンゴメリがトロントからPEIに渡ったその同じ行程にあるのだ。この闇《やみ》はモンゴメリも見つめた闇のはずだった。

L・M・モンゴメリは日本人にも大変人気のある作家だが、彼女にも人種的な偏見がなかったとは決していえない。彼女の作品の登場人物はほとんどが英国系カナダ人、ごくたまに出てくるフランス人は皆雇い人で、きちんとしたキャラクターも与えられていないばかりか、大抵が愚図でのろま、というように描写されている。彼女は生涯にわたって膨大な量の日記を残したが、遺言で死後五十年間はその公開を禁じていた。彼女が亡《な》くなったのが一九四二年、一九九一年に初めて本格的な出版がオックスフォード大学出版局より開始された。日本では桂宥子《かつらゆうこ》さんのご尽力で二〇〇一年十月現在、モンゴメリが十四歳の一八八九年から二十六歳の一九〇〇年まで三冊に分けて立風書房より出版されている。これからも続編が次々と翻訳・出版されることを待ち望んでいる。それによってモンゴメリとその文学世界のより深い理解が広まるに違いない。

モンゴメリは十五、六の頃、島を出て父の住むサスカチュワンに一年滞在し、地元のハイスクールに通っていた。当時同じクラスになったネイティブ・カナディアンに対して彼女自身の日記の中で、彼らの名前を四名ほど挙げ「大嫌い。彼らは『ニッチー』つまりインディアンとの混血児。切り株の柵《さく》くらい醜い」だの、「インディアンはうそつきの親玉」(『プリンス・エドワード島の少女』桂宥子訳)だの、辛辣《しんらつ》この上ない。あまり知られていないが、PEIにはネイティブの人々の保護区がある。聞くところによると日本人にそっくりだということである。島にいたときでも彼女は彼らを毛嫌いしたに違いない。この偏狭《へんきょう》さも彼女の特質の一つである。『エミリーの求めるもの』の中に、エミリーに求婚者が大勢出てくる場面がある。彼らはまるで「かぐや姫」の求婚者たちのように面白おかしく描かれ、中には遠い東洋の小さな島国、日本の王子が彼女に熱を上げ、皇家に伝わる翡翠《ひすい》の蛙《かえる》を贈られたがソデにした、というような記述まである。当時の日本に関する情報量を考えれば、まあ、わからなくもないが、ちょっと違うだろう、と思ってしまう。slant-eyed, inscrutable face を、村岡花子訳では「やぶにらみの、とまどった顔」としているが、「つり上がった目の、何を考えているかわからない顔」と訳してもおかしくないところである。欧米での、モンゴロイドの表情についてのステレオタイプな叙述だ。まさか彼女も自分の作品の愛読者がこの国で爆発的に増えるだろうなどとは予測しなかっただろう。個人的に彼女のことを「ヨセフを知る一族」「腹心の友」と感じている日本人も多いだろう。そのことを彼女が知ったらどう思うだろう。

そのことを彼女が知ったら、そして本当に話し合い、コミュニケーションを持ったら、彼女の日本人観も変わったに違いない。異人種の中にも確かに「ヨセフを知る一族」がいることを、それも数多くいることを知ることは、彼女の世界の地平を更に大きく拓《ひら》いていっただろう。彼女のために、そして彼女が私たちに残したに違いない世界のために、残念だ。

モンゴメリは結婚してPEIを出てからもたびたび島に帰っている。世界一美しいところ、と彼女は自分の故郷を称賛して憚《はばか》らない。エミリーシリーズの中でも、しつこいぐらいに主人公の自分の家系についての誇りと身内びいきが続く。それからPEIへの偏愛。自分に繋《つな》がるものたちへの過度の賛美は、第一次世界大戦時での彼女の言動を見ても明らかなように、容易にナショナリズムに結びつく。

しかし彼女にはそう流れてもおかしくはない切羽詰まった事情があった。

途中停車駅があるので、列車は雪の積もったプラットホームに停まる。何人かの乗客がコートの襟を立て、大きな荷物を抱えて降りてゆく。体感温度がマイナス三〇度前後だろう、降りた乗客は真夜中のしんとした空気の中に雪を踏みしめて歩いてゆく。走行中はずっとカーテンを開け放して広い窓からの景色を（といっても暗い上にほとんど雪に覆《おお》われていてどこも変わり映えがしなかったのだが）楽しんでいたが、プラットホームに停まると広い窓だけに室内が丸見えになることに気づき、慌《あわ》ててカーテンを引いた。外を歩く人々と目が合ったので、同室の連れが思わず手を振ると何のためらいもなく向こうも笑顔で振り返してくる。真夜中の、しんとした時間だけにこういう交流は心がほのぼのとする。また列車が動き出す。私は枕《まくら》が変わるとあまり眠れない。いろいろなことを考えてしまう。室内から日本語が聞こえている気楽さは、くつろぎと、くつろぎすぎる落ち着かなさ、のようなものを同時に招く。何となく、「日本」のことについてとりとめもない思いが湧《わ》く。

英国にいたときのこと。旅行中で昼食をとるために、普段はあまり行かないパブにたまたま入ったときだった。少し離れたテーブルに、二、三人の日本人がいて、日本語が聞こえていた。観光客ではないらしい。少しくすぐったいような思いで（知らんふりをしていても何となく盗聴しているというような後ろめたさがあるのだ）サンドウィッチを食べていると、だんだんそのテーブルの方が声高になってきた。彼らが日本語を話しているので、興味を持った周囲の地元客が、何げなくだか故意だか、日本の従軍慰安婦問題について触れてきた。元英国人捕虜たちの反日感情がマスコミで話題になっている時期だった。最初は冷静に答えていた日本人側も次第に、ちらちらと本音が出てきた。彼らが言いたいのは要するにこういうことだった。「こちらだって原爆の被爆国なんだ。英国だって日本人捕虜に対して人道的な扱いをしたといえるのか。大英帝国がかつてその植民地にしてきたことは何だ、大英博物館は略奪品の倉庫じゃないか」

ああ、まただ、またこのパターンだ、と私は暗澹《あんたん》たる気持ちになった。そういう互いの過去の所業をあげつらって損害の大小を比較し合うような議論は本当に不毛だ。もし私がそう言えば、彼らは、いや、ただ向こうにこちらを断罪する資格があるのかと言いたいだけなんだと言うだろう。

あなた方は本当にそのことを話したいの？　私は心の中で呟く。あなた方が本当に、そのことを、話したいのなら私も口を開く。でもあなた方にそういうことを語らせているエネルギーが、「敗戦国のくせに経済大国にのし上がった」国民への嫉妬《しっと》と黄色人種への嫌悪《けんお》の混ざったコンプレックスであったり、一方では白色人種とその文化への劣等感であったりするのなら、そこから離れた場所でいくら議論したって互いの合意点になんか到達できるはずもない。結局自分たちの優越感を満足させるためだけに始められた議論だもの。ディベイトという名のスポーツを、私は信じない。ああ、でも彼らがアルコールの場を離れて真摯《しんし》にそのことについて考え合おうというのなら、私も語りたいことはある。

そういうレベルでの罪の大小をあげつらう議論ではいつまでもいつまでもしこりは解けはしない。国と国との交渉ごとだけでは、本当は、ないのだ。男社会の論理では見えない場所が、本当の争点になっているのだ。個人の身の上に何が起こったのかということなのだ。自分の国の過去の誰かが、ということではなく、個人としての自分が「それ」を経験した、ということ。国ではなく、ある個人の身の上に「それ」が起こった。それからのその人にとって、生きるということは「それ」付きの人生を生きることであり、抽象概念としての「生きる」は、もはや存在しない。国の体面のレベルとは別次元のことが、並行して取り沙汰《ざた》されていることに、私たちはなかなか気づかない。

彼は、或《ある》いは彼女は苦しんでいる。過去に自分の尊厳が踏みにじられたことで。つい昨日までは自分の体は自分のものであり他の人間と同じように一人の生活人であったものが、突然今まで想像だにしなかったような場所に突き落とされる。生殺与奪の権を自分ではないものが握っている。生まれたときからずっと切れ目なく連続していた「自分」というものの意識が、そこでぷっつり切れてしまう。傷なんていうものではない。文字通り「自分」の存亡をかけて、彼或いは彼女は「その後」を生きなければならなかった。何とか自分の人生を取り戻したい、謝罪をして欲しい、と思う。その一点に自分の存在がかかっているように思う。しかし彼或いは彼女は本当にどういうことが起こったのか、相手にそれをわかってもらうのは不可能だとどこかで醒《さ》めている。謝罪など口先だけのことだ。

しかしどうあっても謝罪はしてもらわなければならない。そうでなければ自分の生は立ち行かない。

このギャップを埋めるための工夫が補償金だ。

謝罪要求をする。うまくそれが通れば、国家代表として誰かが簡単に頭ぐらい下げるだろう。「それ」をやったのはその人ではない、その人ではないが、その人が代表する国がかつて「それ」をやった、そのことに対して。頭を下げる役がその人の務めだから。あるいは想像力のある人だったらもう少し真摯に下げるかもしれない。しかし彼の想像力は、共感能力は、その現実についていけるだろうか。まず無理だろう。そういう類《たぐ》いの、微妙な波動を感じ取れるように繊細さに磨きをかけてゆく能力と、国家代表として要求されてきたいわば強面《こわもて》の能力は並び立たない種類のものだから。

謝罪要求する彼或いは彼女が望むことは、本当は「対等」の立場を奪回することなのだ。虫けらのように扱われた、そのときに一瞬でも変容してしまった自分の意識――哀れみを乞《こ》う、卑屈になる、怯《おび》える、徹底的な劣位を体験する――自分の身の上に起こったそういう感情を払拭《ふっしょく》することだ。そして自分の身の上に起こったことの本当の意味を分かってもらいたい。痛みをそれぞれ個人レベルの痛みとして感じてもらいたい。それが形を変えて補償金要求になっていく。せめて相手国家の懐《ふとこ》ろを痛めて欲しい。よくある犯罪加害者に対して「同じ目に遭わせてやりたい」という被害者側の発言も、恨みの響きをまとっているが根は同じところから発しているのではないか、起こったことの本当の意味を分かって欲しいという。そして意識の様々な層を貫いてそういう表現になる。

彼、或いは彼女らの心を相手が本当に悼《いた》んでくれたと、彼或いは彼女らが感じることができたら、そのときやっと本当に「それ」が終わる。

そうだ
共感してもらいたい
つながっていたい
分かり合いたい
うちとけたい
納得したい
私たちは
本当は
みな

でもそれは本当に難しく、その葛藤《かっとう》の中で生きることは疎《うと》ましく、ときにモンゴメリのように堅く殻を閉ざし、群れを遠く離れてしまいたくなる者もでてくるのだ。

翌日は快晴で、列車が針葉樹林の雪景色の中をゆくと、ダイアモンドダストがきらきらと空中を舞っているのが見えた。朝食のサロンでは、日本に行ったことがあるという人がいて、たまたま座り合わせた女性たち七、八人、環境問題にまで話が進み、次第にプライベートな歴史へと話が弾んだ。

そこで長い時間をとったせいで、個室に戻るとすでにベッドは仕舞われていた。モンクトンまであと少しだった。時計の針を一時間早めておかなければならない。

モンクトンからはバスで海峡を渡り、ＰＥＩのシャーロットタウンへ向かうのだ。モンゴメリの道程を辿《たど》るのだったら船で渡らねばならないところだけれど。

モンクトンは終着駅ではないので、停車時間がそう長くはない。列車が駅へ近づくと、私は荷物をまとめて出口へ向かった。ゆっくりと列車が停車すると、ぞろぞろと降りる人の列に並び、私も歩を進めた。降りた瞬間のプラットホームには気をつけなければならない。雪が踏み固められていて滑りやすくなっていそうだった。

プラットホームには例の車掌が降りていて、列車を降りる乗客を助けていた。私の番になり、彼は私の手を取ると、

——いいご旅行を、ma'am!

と、例のぶこつな表情で呟《つぶや》き、それから軽く挙手の礼をした。

——ありがとう！　あなたもいい週末を！

私も笑顔で返した。

空気はきりきりと痛いように冷たく、世界は雪の照り返しでまぶしかった。

クリスマス

クリスマスイブを明日に控えたトロントのピアソン空港は、大荷物を携えた家族連れでひしめき合っていた。家族連れだけではない。老若男女あらゆる階層、あらゆる人種がごった返し、どこを向いても人の波、それでもそれほど殺気を感じないのは休暇前の浮き浮きした気分が人混みの底を流れていたからだろう。

私はクリスマスをニューヨークでウェスト夫人たちと過ごすことになっていた。出国カウンターで聞いたニューヨーク・ラガーディア空港行きのゲイト・ナンバーはB10だった。けれど税関も過ぎてそのゲイトに辿《たど》り着いてもどこにもニューヨーク・ラガーディアの文字はなかった。係員も誰もいない。不安になって、周囲で搭乗を待っている人々にきいても、フロリダに行くだのシカゴに行くだの行き先は皆まったくばらばらだった。

ニューヨーク・ラガーディア？　さあ知らない。ますます不安になる。とにかく職員のような人が一人もいないのはどういうわけだろう。正確な知識を持っていそうな人を探しにもう一度税関の方へ走る。クリスマス前の大荷物を持った家族連れや帰省客で大きな流れができていて逆らってゆくのはひと苦労だ。前方に警備員のような風体をしたプエロトリカンが横切る。今までの経験からこの国の人たちは当のスタッフですら自分の携わっている仕事の全体像がつかめていないことが多い、職務に直接関係のないことなどまず全く知らないのだと察しがついているのに、わらをもつかむ気持ちで必死で声をかける。ニューヨーク・ラガーディアに行くのですが、向こうの掲示板ではゲイトはB10と書いてあったのだけれど、それで本当に確かなのかしら。プエロトリカンの警備員は無表情に、B10ならそこだよ。それはわかっているのです、ただ係員が誰もいなくて。B10ならあそこだ。今度は自信たっぷりに頷《うなず》きながら私が出てきたばかりのB10を指さす。やはりだめだ。サンキュー、と私は上の空で礼を言い、税関方面を目指そうとするがすさまじい人の群れを直視すると、出発時刻までに戻ってこられるかどうかわからないと思い、仕方なくB10まで引き返した。さっきより人数が増えているような気がする。出発時刻まであと数分しかない。ただでさえ聞き取りにくい構内アナウンスは、混雑のせいか、ほとんどため息のようにしか聞こえない。頻繁に変更になるゲイト・ナンバーの情報を聞き逃さないようにと私はずっと緊張していた。

ふと上品な身なりをした小柄な白髪の老婦人と目が合う。滲《にじ》み出る切迫さのようなものを感じる。私もたぶん同様のものを周囲に放出しているのだろう、と思っていると、失礼ですけど、教えていただけないかしら。私、ニューヨークの……と話しかけられ、思わず、ラガーディア！　私もなんです！　と相手の手を取らんばかりに小さく叫ぶ。ここ、ですよね。ええ、ここ以外ないですよね。出発時刻が……ええ、そう、だいじょうぶでしょうか。そうこうしているうちに、背の高いサングラスをかけた若者などもその輪に加わる。とりあえず、待っていましょう、とそれぞればらばらに持ち場（？）に帰る。やがてカウンターに係員が現れた。すわ、と近づこうとすると、カウンターの前の小さな電光掲示板に、ニューヨーク・ラガーディア行きは五十分ほど遅れる、と掲示が出る。どっと、安心する。ウェスト夫人に連絡しようと電話ボックスを探し、二つ向こうのゲイトの廊下まで行く。ニューヨークの彼女の息子の住まいにかける。彼女はたぶんもう空港に着いているだろう。けれど飛行機が遅れて不審に思い、私から連絡がなかったかと電話をかけてくる可能性がある。すぐに電話に出たのはジェーン、息子のビルの奥さんだ。私はまだ会ったことがない。

私が状況を話そうとすると、飛行機が遅れているのでしょう、インターネットで知ったわ、だいじょうぶ、何も心配しないで、みんな待ってるわ、とアメリカ人独特の包み込むようなフレンドリーさで応じてくれた。

　まだ時間があった。お茶でも飲もうと、近くのセルフサービスのレストランに行った。そこもまた様々な年代の老若男女でごった返していた。それぞれカウンターのものを注文してトレイにのせレジまで並ぶのだが、それがとてつもない長い行列になっている。レジのアルバイトの女の子は、ほとんどレジスターと一体化したかのように、ずっとうつむいたまま仕事をこなしてゆく。やっと私の番が来て、おつりをもらったとき、よいクリスマスを、と囁《ささや》くと、疲れて表情のなかった顔にぱっと笑顔が咲き、ありがとうあなたも、と囁きが返った。この殺人的大混乱の空港のあちこちで——たとえば出国管理官からも——私はその祝福をもらっていた。コーヒーをのせたトレイを持ちながら何とか足の踏み場を探しつつ——テーブルの間はそれぞれの大きなボストンバッグが所狭しとひしめいている——隅の空いている小さなテーブルまで行く。椅子《いす》がない。隣のやや大きなテーブルでは中年の男性が本を読んでいる。椅子がいくつか空いているように見えるので、失礼ですけど、と声をかける。この椅子お借りできますか？　中年の男性はちょっと辺りに目を泳がせた後、ええ、まあ、いいです、と頷く。ありがとう、と椅子を借りるが、男性の反応がもう一つすっきりしないものだったので、少し不思議に思う。私もバッグから本を取りだし、読んでいると、斜め前方にいるグループの中の男の子が、たぶんクリスマスのために祖父母の家に行く途中なのだろう、はしゃいで母親からたしなめられていた。その横のテーブルに座っていた気怠《けだる》い風情《ふぜい》の中年女性が、その子に話しかける。おじいちゃんとこ行くんだ、へえ、いいねえ、プレゼントいっぱいもらうんだね。おじいちゃんとこはどこ？　男の子は照れくさそうに母親の椅子の後ろに隠れる。ほら、おじいちゃんとこはどこなの？　母親が男の子をせかせる。男の子は赤くなってにやにや笑いながらテーブルの下に隠れる。この子ったら。○○に行くんです。母親が子どもの代わりに女性に答える。へえ、○○。私の従兄弟《いとこ》があそこに住んでいたよ。まあ、そうですか……。それからひとしきりその○○という土地について、その辺り一帯で盛り上がっていた。そこへ、さっき私に椅子を譲ってくれた男性のテーブルでは、女性の一群が、たぶん男性の妻や娘たち、というところだろう、それぞれトレイを持って戻ってくる。あら、椅子が足りないわ……。男性はすかさず、何てことないよ、あそこに一つ空いている、と、寸前に立ったグループのところから椅子を素早く調達してくる。ああ、こういうことだったのだな、とその男性に感謝する。家族のために席を取っていたのだった、彼は。

そうこうしているうちに時間が来たので私は本をバッグにしまい、立ち上がる。さっきの男性と目が合う。微笑《ほほえ》んで口の形だけでサンキューという。彼はウィンクを返す。

ゲイトB10へ戻るとなんだか様子が違う。さっきの老婦人たちがいない。不安になって例の小さな電光掲示板に目をやるとニューヨーク・ラガーディアの文字がちらりと見えたので一応納得して椅子に座る。きっと彼女たちは私のように時間をもてあまして免税店にでも行ったのだろう、と思う。

変更になった出発予定時刻を更に十分過ぎた頃、私は急にこれはおかしいと立ち上がった。改めて真剣に電光掲示板へ行き、よく読むと、ニューヨーク・ラガーディア行きはゲイトB13に変更、と書いてあるではないか。最初の行だけで安心していたのだ。日本語だったらこんな見落としはしないものを。出発時刻は既に過ぎている。しかし万が一にでも望みはあるかもしれない。ここは几帳面《きちようめん》な日本ではないから。咄嗟《とつさ》に手荷物を取ると、このまま走ってゆくか、動く歩道に乗るか（それに乗るためにはいったん逆方向に走らなければならない）、一瞬迷ったが、さっき電話をかけに行ったときの経験から番号は近くても結構な距離があったのを覚えていたので遠回りでも動く歩道に乗り、それから必死で走った。こういうときエスカレーターや歩道の端を急ぐ人用に空ける習慣のある国は本当に助かる。幸いなことに歩道はゲイトB13の手前でいったん切れていた。息を切らして飛び込むように入ったが閑散としていて、搭乗口に向かうゲイトはすでに閉じられている。ここで遅れるわけにはいかない。ウェスト夫人はすでに向こうの空港で待っているはずだもの。私はスタッフを目で探した。カウンターの方で一人、視線を摑《つか》まえた。怒鳴るように叫ぶ。ニューヨークへ行くんです！　スタッフの比較的年輩の黒髪の女性が、頷きながら近づいてきた。私の声はうわずっている。変更になっているのに気づかなくて、B10でずっと待っていたんです。だいじょうぶよ、ここに必要事項を記入して、と用紙を渡す。こんな悠長なことをしていていいのか、と不安になるが、大急ぎで記入する。ゲイトが開けられて、竜の腹の中のような通路を行き、上の空のスチュワーデスに迎えられてやっと飛行機の中へ入り座席番号を目指す。皆すっかり席に落ち着いている。こいつのせいで遅れているのか？という微《かす》かな敵意の視線を感じつつ、荷物を足下に置き、席に座ると、どっと脱力する。もう動きたくないし動けない、という心境だった。他の乗客もそして私自身もこれですぐ離陸するのかと思いきや、何とその状態で更に一時間機内で待ったのである。スチュワーデスたちが悠長だったはずだ。私が息せき切ってやっとゲイトに着いたときですら、まだ出発の見通しさえ立っていなかったのだ。十五分ほど目を閉じてぼうっとしていると、だんだん人心地もついてきて、備え付けの雑誌に手を伸ばしたりする。

ようやく飛行機が離陸を始める。外はすっかり暗くなっている。飛行機は徐々に高度を上げて、きちんと区画整理されたトロントの街並みがまるで夜空に固まって落としたスパンコールのよう、まばゆいばかり輝いて息をのむ。それを過ぎるとほとんど闇《やみ》の世界だ。

――あなたはニューヨークを知らなければならないわ。

ウェスト夫人は昔からそれをいっていた。そのたびになんだかひどく遠い世界のことを言われているようでいつも私は気のない返事をしていた。正直にいうとニューヨークなどこれっぽっちも関心がなかった。私が惹《ひ》きつけられるのは荒れ地に沼地、野山や小川、人の住んだ跡、生活の道具、人が生きるための工夫（信仰を含めて）そういうものだということが、そしてどうやら最後までそういうことに限定されそうだということが、人生の中間地点に差し掛かりしみじみわかってきたところだった。

それが今年の私の英国滞在中、いつもと違う熱心さで彼女は私のニューヨーク行きを迫ってきた。彼女は今年のクリスマスをニューヨークで過ごす、私はちょうどそのときトロントにいる、ニューヨークとトロントは目と鼻の先である、一緒に過ごさない手はなかろう、というのだ。それでも私はニューヨークに行く気はしなかった。都会というところがそもそも性に合わないのだった。自分では車に乗るくせに車の排気ガスは嫌いだった。人がたくさんいるところは窒息しそうになる。不特定多数の人が寄り集まったがさついた空気もいやだ。それくらいだったら、まだ英国の田舎で羊の群れの糞《ふん》にまみれている方がいいのだ、本当は。今はまだ多少若くて、適応力も少しはあるから無理もできるが、もっと年を取ってきて耐性がなくなったら、本当に世捨て人の生活をするかもしれない、そのときのために今のうちからどこか荒野のコテージを手に入れたりしておいた方がいいかもしれない、と真顔で彼女に相談したこともあった。一笑に付されたけど。あなたはいつか一緒に行った、アイルランドの海に面した崖《がけ》っぷちに建っていたあの小屋を考えているんでしょう。ああ、あそこもいい、でも私が考えていたのはほら、ナショナルトラストの所有になっていた一番安い貸しコテージで、トイレも水洗でなくて一間しかなくて、車を最後に乗り捨ててから山の中の道を更に三十分ほど歩いたところにあった、あんな感じの……住むとなったらトイレは水洗にしてもらうけど……。冗談じゃありません、水道もろくろく付いてなかったじゃないの、年を取ってからどうやってあんなところで生活できるというの。生活できるまで生活する、できなくなったら静かに去ります（go away）。彼女は頭を振ってこの話は立ち消えになった。私は『楢山節考《ならやまぶしこう》』の話に続けたかったのだが、老いた彼女に誤解されることを怖《おそ》れ、うまく通じさせる自信がなかったのでやめた。

あなたがトロントに来ればいいのだ、と私は彼女に言った。彼女は目を見開いて、私は、あなたに、ニューヨークのクリスマスを味わって欲しいのよ、トロントでクリスマスなんてとんでもない、あんなところに文化はないわ。彼女はきっぱりと言い切り、そこまで言うことはないだろう、と私はその頃まだ見ぬトロントのために少し気分を害した。それからしばらく、英国で彼女の知り合いに会うたびに皆が唐突にニューヨークのことを話題にし、彼の地《か》をほめだしたのはおかしかった。ウェスト夫人の息がかかっているのだった。しまいにはエマニュエルまで真顔で（いつも冗談ばかり言っている彼が何の変哲もないことを突然真顔で言い出すことからしてものすごく不自然だった）、ニューヨークがどんなに素晴らしいところか、いつもはよどみなく言葉を繰る彼が、ひっかかりながらゆっくり訥々《とつとつ》としゃべり始めたのには吹き出してしまった。だが彼はしまいには、

――だからね、今年は僕も行こうかと思っているんだ。

と言って私を心底驚かせた。ウェスト夫人は本気だ。ここまでするとは思わなかった。家族だけのクリスマスに私が遠慮しており、エマニュエルが行けば私も行く気になると思っているのだ。しかし、彼とて公私ともに忙しい身であることを私は知って

いたし彼女もそれは充分承知のはず。

私は思わずウェスト夫人の顔を見た。彼女は荘厳《そうごん》な面持ちで、

――このプロジェクトがどんなに壮大なものかわかったでしょう。

私はすんでのところで降参しかけたが、まだ、エマニュエルは行くとはっきり言明したわけではないし、ニューヨークはどうしても行く気になれない場所だった。それがクリスマス二週間前ほどから続いた、ウェスト夫人のニューヨークの家族からの電話攻勢に、ついにギブアップしてしまったのだった。

彼女はなぜあれほどまでに私をニューヨークに行かせたかったのだろう。一つには、私に対して仮にも物書きの端くれになった以上、ニューヨークぐらい見聞していなくてどうする、という気持ちがあっただろうし、自分が青春時代を過ごした街を案内したかったということもあっただろう。……それから？　それからも何かありそうだったが私はあまり考えたくなかった。

ニューヨークに近づくにつれ、闇の中からまたポツポツと灯りが現れてくる。やがて、これはもうニューヨークでしかありえない、というぐらいの光の洪水が眼下に現れる。イルミネーションのかかった吊《つ》り橋の上を、飛行機は何度も旋回する。

機長アナウンスで、ラガーディアには今使える滑走路がないので、あと三十分ほどこうやって夜のニューヨークを遊覧飛行しなければならないと、説明される。ウェスト夫人の顔が浮かんだが、もうここまで来た以上飛行機を飛び降りるわけにもいかないので、思い煩《わずら》うことをやめる。当初の到着予定時刻からすでに三時間が経過しようとしていた。

ラガーディア空港は、驚いたことに荷物受け渡し場所に行く前に、出迎えの人々と手を取って出会えるようになっていた。こんな簡単なことでいいのだろうか。けれど待ち構える人混みの最前列に陣取って私を見つけ、笑顔で手を振る老いた彼女を見たときは目頭が熱くなった。どのくらい長い間そこにそうしていたのだろう。

思わず駆け寄る。隣で彼女の息子のビルが嬉《うれ》しそうににこにこしてそれを見ていた。似たような背格好の日本人を必死で探していたのよ。あれは？……髪がちょっと短い、違う。あれは？……目が細すぎる、違う。あれは？……若すぎる、違う。という具合に、ずーっと。八十のウェスト夫人は、そうやって衰えてきた目を必死で酷使して次から次へ通路をやってくる大勢の乗客の中から私を選り分けようとしていたのだろう。

トロントからの荷物はあっちのコンベアから出てくるようだよ、とビルが如才なく私たちを誘導してスーツケースが出てくるのを待つ。出迎え人と一緒に荷物を受け取るなんて初めての経験だった。ますますこんなことでいいのだろうかと、警備に不安を覚える。これだけの人数をさばくためにはある程度のイージーさは必要悪なのだろうか。

先ほど眼下に眺めた吊り橋をビルの車で渡る。飛行機から何度も眺めた、この橋。確か映画でゴジラにやられてはいなかったか。この時期だけのイルミネーションなんだよ、とビルは言う。ビルは木工職人。様々な家具やおもちゃをデザインし、工房を持って実際につくっている。いくつかの賞を受賞しているが、朴訥とした飾らない人柄は、ウェスト夫人に言わせれば「まるっきりヨークシャ親父《おやじ》になっちゃった」のだそうだが、とても好感がもてる。

車はやがて高台の住宅街に入った。住宅街といっても日本に比べれば一軒一軒がゆったり疎《まば》らに建っているのだけれど。

雪が降っているせいかとても静かだ。

ずいぶん前から私はビル夫妻の住むこのプライオリ・マナーのことをウェスト夫人から聞かされていた。そのときはそれぞれに仕事を持つ芸術家集団十六人が勝手に下宿しており、ジェーンがマネージメントをしているけれど、皆がそれぞれ当番で食事をつくるという、なんだかずいぶん浮世離れした話だった。それから、アメリカにしてはすごく古くて広壮な屋敷なので、どこかの歴史的建造物と間違えて日本人の団体がバスで突然やってきたときのこと。あるとき玄関の呼び鈴が鳴り、ジェーンがドアを開けると日本人が五十人ほど、にこにこしながら並んでいた。思わぬ事態に面食らいながらも、たまたまどの部屋もきれいだったので、礼儀正しく屋敷の中を案内して差し上げて、みなさん間違いに気づくことなく（ガイドだけは途中で気づいてこっそり恐縮したらしいが）満足して楽しく帰られたとか。これは住人の性格から屋敷のたたずまいまで、その特徴を端的に捉《とら》えたエピソードだから、プライオリ・マナーが話題になるときには必ずといっていいほど付いてくる話だ。で、そのたびに私は思わず日本人として感謝の言葉を言ってしまう。

ジェーンに迎えられて屋敷に入ると、そこでタキシードに正装したりゅうとした紳士といっしょにエマニュエルがいた（この紳士は屋敷のオーナー、ハリーの夫、トムであった、後でわかったがこの時初対面の私を迎えるためにわざわざ正装してくれていたのであった！）。私たちは思わず二人とも、なんて変、S・ワーデンを遠く離れてこんなところで会うなんて、と感激しつつ叫んだ。

遅い夕食をとりながら、エマニュエルは、

——ねえ、K・・、アメリカの住宅地って英国と違うと思わないかい？　英国だったらさ、どんな狭い家でも必ず塀か生け垣で境をはっきりさせるんだよ。でもアメリカときたら、本当にアバウトなんだ、どっからどこまでがどっちの敷地だって、一見しただけではあんまりわからないんだよね。夕方、この家の敷地の境界をトムに聞いてみたら、すごく曖昧《あいまい》なんだ、たぶん、あそこの茂み辺りが……とかいって。

トムは少し頬を赤らめて笑う。私は、

——そういえば、カナダの街並みもそうだった。境界がぼんやりしているの。それおもしろい、日本は英国式ね、わりにはっきりさせる。

——そうだろう。

エマニュエルはさもありなん、と大きく頷《うなず》く。私は、はっと思いついて、

——だからアメリカは銃国家なんだ……武装する必要があったっていうこと？

——なるほど。

と、エマニュエルは呟《つぶや》き、話題をほかに転じた。こういうところが彼は苦労人だ。アメリカ人たちの手前、会話がセンシティブになりすぎないように配慮したのだろう。

就寝のときが来て、ジェーンに二階に案内される。ウェスト夫人も上がってくる。

上がり口をまちがえないようにね。間違えると全く違ったところに出ますからね。上がりきると右へ。ここが私たちの部屋。何かあったらここへ来て。ここがシャワールーム。また数段階段を上がり、ドアを開けると広い廊下の真ん中に出た。両側にずらりと数百号クラスの絵が並ぶ。このときは暗くてよくわからなかったが、翌朝見ると、一点一点がとても才能のある画家のものだとわかり、思わず立ち止まり引き込まれて見てしまった。絵だけではない、今出てきたドアの両側には太い針金のようなものでつくられた貴婦人のオブジェが立っている。これも見応《みごた》えのある作品だ。この二人の貴婦人たちは、「ワイヤー・レィディス」と呼ばれ、滞在中私たちは彼女たちのおかげで迷うことなく階段のドア（部屋のドアと同じ形）を見分けられた。いくつかのドアを通りすぎると、ウェスト夫人がここが私の部屋よ、と教えてくれた。斜め向かい側があなたの部屋。私の部屋の隣がバスルーム。いつもドアは開いているの。開いていないときは誰かが使っているのだから気をつけて。中からは鍵《かぎ》がかからないのよ。それはすごい情報だ、と怯《おび》えていると、ウェスト夫人は重ねて、バスルームには両隣の部屋から直接行けるドアが内部についているの。私の部屋からのと、それからジュテムの部屋からの。ジュテムは年を取っていてすこしおかしいけれど、気にしないで。明日の朝会えるわ。おやすみなさい。そういって部屋に入った。ジェーンは私の部屋の灯りをつけた。嫌みのない、五〇年代風のポップな色調でまとめられた部屋だ。あちらこちらになつかしい昔のおもちゃがレイアウトしてある。面白い部屋ですね。私は楽しくなった。気に入ってくれた？　ジェーンは嬉しそうにそう言うと、必要なものは揃《そろ》っているけど、廊下の照明は控えてあるので、バスルームに行くときはこれを使って、と私に懐中電灯を渡し、あなたに会えて本当に嬉しいわ、おやすみなさい、と挨拶《あいさつ》し合い、彼女は出ていった。ちなみにウェスト夫人の部屋は完全にヴィクトリア朝式で、バスルームのしつらえもそうだ。バスタブなどは脚が付いている。

翌朝、バスルームを使おうと廊下に出ると、ドアがぴっちりと閉まっている。ああ、誰か使っているのね、と、ジェーンたちの部屋のバスルームまで遠征に行こうとすると、なんと閉ざされたそのドアの向こうからエマニュエルの声が聞こえてくるではないか。誰かに向かって話しているふうである。ぼそぼそとお相手の声が聞こえるがウェスト夫人ではない。

キツネにつままれたような気分でその場を去り、その後、身支度をすませたウェスト夫人と連れ立って朝食に下りてゆくと、エマニュエルはすでにテーブルについて、お年を召したご婦人とまじめな顔で何かしゃべっていた。朝食の席だというのにみなガウンだ。ビルもジェーンも。それから紹介されたこの屋敷のオーナーのハリーも昨日タキシードで決めていたトム、イタリア系のアレックス、オルマの夫婦も。

ハリーは小柄で知的な美人だ。宝石商という話だが、英国でロイヤル・ファミリーの主催するパーティに招かれたとき、おしゃれで知られる今は亡《な》きダイアナ妃が、彼女のそばへ寄ってきて、この布地素敵。どういう種類のものなの？　と聞いたとか。次の日の午後、彼女の骨董《こっとう》収集の数々を見せてもらい、その趣味の良さに脱帽した私は、なるほどありうることだと、うなずいたのだった。

私は何となく、話に聞くだけで長い間この屋敷のことを「ヒッピーの集まり」的な印象を持っていたのだけれど、ちゃんとしたオーナーがいるのだということを今回初めて知った。しかし、確かにこの屋敷には一時代、パトロン的なハリーの性格もあってか芸術家集団の下宿のようになっていたこともあったらしい。だからきっと、この屋敷の生活共同体のようなフランクさはそのときの名残なのだろう。皆ガウンのまま、おのおの勝手にパンを焼いたりコーヒーをいれたり。大きなテーブルのあちこちで会話が始まっている。年老いたオウムが止まり木から盛んにハローを連発している。

エマニュエルと話していた老婦人はハリーの母君、御年九十六歳のジュテムだった。口癖は、あなた、今日の天気予報お聞きになった？　というのである。ウェスト夫人が小声で私に、――今朝、エマニュエルがバスルームで用を足していたら、いきなりジュテムが入ってきたのよ。そしてまるで電車の中ででも話しかけるように、あなた、今日の天気予報をお聞きになった？　というので、エマニュエルはとてもプライベートな格好のままごく当たり前のような顔をして（全くウェスト夫人ときたら見てきたようなことを言う）ずっと話し続けることになったの。

しかし、エマニュエルは自分の口からはこの話はしないだろう。彼には昔から、老婦人の面目をつぶすような事態はいっさい避けなければならない、と自分自身に課しているようなところがあるから。エマニュエルはコホン、と咳払《せきばら》いしてジュテムに私を紹介した。私がにっこり笑って、お会いできて光栄です、と口を開きかけた途端、ジュテムは、あなた、今日の天気予報お聞きになった？　と切羽詰まった調子で身を乗り出すように問いかける。いえ、まだですけど。本当になんて天気なんでしょう、昔はニューヨークで冬を越すなんて考えられなかったものよ。冬は必ずフロリダに行っていたもの。と、いきなり会話に入った。でもしばらくするとテープレコーダーが自動的に巻き戻るように、あなた、今日の天気予報……となってしまう。

ジュテムもハリーに似て小柄な貴婦人という感じの、白髪も上品なおばあちゃまだ。内側から滲《にじ》み出てくるような上質の贅沢《ぜいたく》さは、英国の、というよりはやはりアメリカの、その最も豊かな時代を人生のプライムタイムに刻み込んだ人の持つ気配なのだろう。皆がそれとなくジュテムを気にかけ、愛情深い目で見守っているのが心安らぐ風景だった。

その日はジェーンとビルの案内でニューヨークを回った。

あらゆる人種が闊歩《かっぽ》しているところはロンドンと変わりないのだけれど、ここでは彼《か》の地のような疲弊感はあまり感じられない。ヴィヴィッドなのである。クリスマス前の五番街の雑踏を歩いているとき、エマニュエルが耳打ちした。

——僕がニューヨークは特別なところ、といったわけがわかっただろう？　僕は初めてニューヨークに来たとき、自分は世界の心臓部にいるんだって気がして興奮したよ。ほら、ハートがどくどく脈打ってる感じが伝わるだろう？

確かにそうだった。彼がニューヨークをあれほど褒め称《たた》えていたのは本心からであったのだろう。気の置けない女友達のようなエマニュエルとウェスト夫人、私にとっては田舎町S・ワーデンの象徴のような二人と、ニューヨークを歩いている不思議をたびたび思った。

ロックフェラーセンターの辺りを歩いていたときだったから49丁目辺りだろうか、突然、私の目を射抜いたものがあった。一瞬何がなんだかわからなかった。次の瞬間、それが紀伊國屋《きのくにや》書店で、日本語の本がウィンドウいっぱいにディスプレイしてあるのだとわかった。日本語は何であれ、それというだけで私の心の真ん中に響いてくるのに、一緒に歩いているウェスト夫人もエマニュエルもビルもジェーンも、全然気づいていない。たぶん中国語と区別がついていないだろう。そして日本でTシャツについている英文のロゴの文句に皆無関心なように、彼らにはそれが風景の一部のように通り過ぎてしまうのだろう。大抵のものは一緒に感動しあえるのに、私が命のように大事に思っている日本語の世界を、彼らは知らない。このときほど彼らとの距離を感じたことはなかった。それはショックというのではなく、改めてはっきりと認識した、という目が覚めるような思いだった。

いわゆる観光客が訪れそうな場所も交えながら、合間にはウェスト夫人がニューヨークで画学生だった時代の下宿を訪れたり、よく通った公園なども教えてもらった。そこで繰り広げられた珍騒動などを聞いていると、この見知らぬ街が深みを持った陰影に彩《いろど》られていくような気がした。ウェスト夫人の人生を通して、私はニューヨークを経験しつつあった。ビルだったかエマニュエルだったか、どうだい、ニューヨークは、というようなことを聞いた。あんなに行き渋っていたけれど来てみればいいところだろう、という響きがあった。素晴らしいと思う、とお世辞でもなく私はいった。

それは素晴らしい、皆生き生きしているし、自分に自信があるように見える。でもなぜだろう、私はここに住みたいとか、ここで生活したいとは思えなかった。自然史博物館でビッグ・バンとブラックホールを「体験」した後、摩天楼の林の中、信号待ちをしながら高い高い空から絶え間なく降りてくる雪びらを見ていた。宮沢賢治の「自分という現象」という言葉を思い出した。

夜遅くプライオリ・マナーに帰り着いた。

翌日はクリスマスイブだった。朝階下に下りてゆくと、トムが、おはよう、今日は外は体感温度マイナス二〇度だよ、と、帽子を被《かぶ》りながらいう。トロントでは毎日マイナス三〇度だったんですよ、というと、さすがトロント、と目を丸くし、ちょっと今夜の暖炉の焚《た》き付けにする小枝をとってくる、と狩猟犬種のワイマラナー、ゾーイーを従え、明るい雪の中を出ていった。私たちが朝食を食べ終える頃、ばたばたと手にいっぱいの小枝を抱えて帰ってきた。

この日、パーティは屋敷の地下部分で行われる。その前に、ハリーに地下を案内してもらった。二階から上がいくつもの寝室が並んでいる個室群だとしたら、地下はヨーロッパの古城のように広間のような広々と天井が高い部屋がいくつも連なる、大部な造りだ。以前、地下の改装中、壁紙を剥《は》がしてゆくうち、高さ四、五メートルはあるだろう大きな壁面いっぱいにフレスコ画が現れたのだそうだ。インカ帝国の時代の闘いの場面だったらしいが詳しいことはわからずじまい。少なくとも、この屋敷が独立戦争の時、砦《とりで》の一つに使われたことはまちがいないようだ。敷物はすべて手の込んだ古いペルシャ絨毯《じゅうたん》、すりきれてほとんどキリム状になっている。私は一時キリムに凝っていたのでその雰囲気だけで興奮してしまう。部屋にはそれぞれ私の背丈ほどもある暖炉があり、なるほど今夜これ全部に火を入れるのだとしたら、トムの今朝の張り切りようもわかるというものだ。

あちらこちら無造作におかれた調度を見て歩いているうち、中堅どころの博物館に入った後のような充実感と昂揚感《こうようかん》に満たされてくる。ハリーに礼を言い、地下から上がってキッチンをのぞくと、あちこちで皆何かしら働いている。アレックスが市場まで行って箱ごとエビを買ってきた、と帰ってきた。エビの料理をつくるらしい。さっそく下ごしらえを始めている。見ていると手伝いたくなる。エビの背腸《せわた》を取っているのだが、彼はナイフでエビの背中を開いているのだ。思わず、ジェーンに竹串《たけぐし》を出してもらい、見てて、とそれをエビの背中部分に突き刺し、するすると細いイトミミズのような腸を取り出してみせると、キッチン中からやんやの喝采《かっさい》を受けた。——さすがだ、日本人は魚介類の扱いを知っているねえ。少し照れる。乗せられてそのままエビの背腸取りが私の持ち場になる。

デキャンタにワインが移し替えられる。段ボール箱で蠟燭《ろうそく》がやってくる。表の道路から駐車場に至るまで等間隔に大きな蠟燭が配置される。たぶん地下のどこかにある厨房《ちゅうぼう》からオーブンで肉を焼いている匂《にお》いが漂ってくる。

やがて夕刻になりぞくぞくと客が車でやってきた。道路から敷地内に入る。昔なら馬車で入ってきた道だろう。

イタリア系のアレックスとオルマの関係では、女優のような（清純派から妖艶《ようえん》なタイプまで）美女の客が次々と到着し、思わず見とれてしまう。

シャンパンやシェリーなどが振る舞われ、いつの間に用意したのか様々なオードブルが並ぶ。（私が背腸を抜いた）エビのフリッターも。

そこでしばらく紹介しあったり、共通の話題を見つけたりしてパーティのメンバーと互いに気心を通じさせる。英国でもカナダでもそうだったが、パーティは、たとえ独身者の小さな住まいで催されるものであっても、必ず食前酒の場とディナーの場、食後の歓談の場は別にする。あちこち移動するのが面倒なような気もするが、慣れると心地よいリズムになる。けれど私は本来一度会話が始まると場所を移動するのがおっくうになる質《たち》だ。だからちょっとしゃべって失礼して、また次のグループのところへいってちょっとしゃべって、というパーティトークは本当に苦手だ。私がマネージできるパーティ人数は情けないことにせいぜい四人ぐらいまでなのだ。だがこのときは何となくいつになく多人数と話せた。ここの家に来た（例の五十人をのぞき）初めての東洋人ということで気を遣ってもらえたのかもしれない。

タキシードに身を包んだ、オーソン・ウェルズにそっくりのフクロウのようなジャックと「グリーンマイル」に出てくるネズミ好きの囚人によく似たテッドは、自分たちは日本に行ったことがある、と話しかけてきた。表情が豊かでいかにも、ねえ、今夜は楽しもうよ、という気配が漂い、いやが上にも気分を盛り上げてくれる。まったく映画から抜け出してきたようなキャラクターだ、と感心していたら、後でウェスト夫人がこっそり、彼らはゲイなのよ、という。ほう、という顔をしていたら、

――彼らを何年か前、S・ワーデンに呼ぼうとしたことがあったの。でも同時期に別の客があったし、いつものように知り合いに彼らの部屋を借りようと思ってちょっと悩んだんです。ほら、あのS・ワーデンでしょう。年寄りのゲイのカップルにどういう反応を示すかと思うと……まるで見当もつきませんでしたからねえ。でも幸いな

ことに友人のノラが気持ちよくOKしてくれて……。おそるおそる、彼らはゲイなんだけど、って打ち明けると、目を丸くして、あらそれが二、三日部屋を提供するのに何の障害になるっていうの。聞けばお年寄りだっていうし、まさか彼らが夜中にどたばたプロレスまがいの騒動を起こしてみんなを眠らせないってわけでもないでしょう？　って……。

ウェスト夫人は楽しそうな、情けなさそうな顔をしたので私は思わず吹き出した。

——まあ、そんなことはないと思うわって答えたものの、私だって確信があったわけじゃなし、彼らが来るのをそれなりにはらはらしながら、待ってたんだけれど結局彼らに用事ができてその計画は流れたの。でも、考えてみたらそれで良かったのかもしれない。彼らがあんな英国の田舎町にきたって退屈しただろうし……

そうしているうちに、ウェスト夫人の娘のサラも、ミズーリから駆けつけてきた。彼女は大学でロシア文学を教えている。ぎりぎりまで仕事をして大急ぎで飛行機に乗ってきたのだそうだ。

——ああ、K・・、カナダから大変だったでしょう。とにかくどこもすごい人！

彼女に会うといつもほっとする。視点がいつも確かで平常心を失わないハシバミ色の目は、人を落ち着かせる。

時間が来て、私たちは地下へ促された。

照明はすべて蠟燭。壁紙に使っている東洋の古い織物（あちらこちら擦れている）の模様が柔らかい光に浮かび上がる。ドレスアップした老若男女が美しくテーブルセッティングされた中を自分のネームプレートを探して席に着く。このネームプレートは午後いっぱいかけて全員の名前を美しいカリグラフィーと花のイラストでウェスト夫人が仕上げたものだ。

壁際《かべぎわ》の長いテーブルに様々な温かい料理や冷たい料理が並んでいる。席にセットしてあった一番上の皿を取って、各々《おのおの》配膳《はいぜん》テーブルまで行きセルフサービスで、好きなものをよそう。中世風の長いテーブルにたっぷりとかけてあるベルギーレースの編み込まれた麻のクロスといい、三十人以上はいるだろう人々にきっちり行き渡っている年代物のどっしりした銀のカトラリーのフルセットといい、何もかも素晴らしくフォーマルなのに、こういうところはカジュアルだ。ヨーロッパの伝統的な古色蒼然《こしょくそうぜん》たる場の雰囲気と、アメリカの格式張らない居心地の良さが絶妙にミックスされていてくつろげる。

――ほら、K・・、思い出さない？　ミディーブル・バンケッ……、隣のウェスト夫人が耳元で囁《ささや》いた。数年前、ウェールズを二人で旅行したとき、古城の地下で行われた「中世の晩餐会《ばんさんかい》」に出席したことがあった。観光客目当てのものだったが、かなり忠実に当時を再現したもので、中世の楽師に扮《ふん》した人々がリュートやチェンバロなどを演奏し、ミード（蜂蜜酒《はちみつしゅ》）をいただき、当時のレシピに従った料理を、指で食べ、一緒のテーブルになった人たちと笑い合いながら手づかみで肉にかぶりついたりしたのだった。

確かに蠟燭で浮かび上がった天井高く薄暗い地下のホールでの食事は、あのときと雰囲気が似ていた。煉瓦《れんが》とも木材とも違う、古い石造りの館《やかた》が醸《かも》し出す、独特の空気感のようなもの。静かな物語を語るように、硬質の石の粒子の隙間《すきま》を冷たい空気が流れてゆく。羽目を外さなくてもリラックスできる、適度な緊張感が生む居心地の良さ。

アレックスが自家製のワインを手に片目をつぶりながら——自慢のワインなんだから、今度は飲まなきゃだめだよ、と片目をつぶる。実はエビの背腸抜きを全部仕上げたご褒美《ほうび》に、彼は私を彼のご自慢の秘密のワインセラーに案内してくれたのだった。それはキッチンの地下にあり、崩れかけた城跡のような雰囲気もある小部屋だった。こっそり試飲させてくれようとしたのだったが、本番までは、といって遠慮していたのだった。

トムが食前にクリスマスの軽いスピーチをして、皆で乾杯。

食事の後は隣の部屋の暖炉の前のソファに移り、プレゼントや、中国のフォーチュン・クッキーなどで盛り上がり、明け方の三時過ぎに客は帰っていった。

翌日はウェスト夫人、サラ、ジェーン、ビルたちとコネティカットのメアリの家へ向けて発《た》った。

メアリはウェスト夫人の妹で、ユング派の分析家、ニューヨークの真ん中にオフィスを持っている。普段はコネティカットのエゾマツ林の中の古いコテージに十四匹の猫と若い夫君のアレックと共に暮らしている。こちらでも時々分析をすることがあるようだ。

メアリとは、カナダにいたとき何度か電話で話した。私がトロントでクリスマスを過ごすことをあきらめて（私には私の事情があってトロントのクリスマスにはそれなりに執着していたのだ）、最終的にニューヨークに来る決心をしたのは、メアリの、——あなたにはクリスマスということがわかっていない、あなたは家族のクリスマスを台無しにしようとしているのだ。

という強烈なひと言だった。お互いにウェスト夫人を通じてすっかり知己のつもりでいたが、実際私はまだ彼女に会ったことがなかった。ウェスト夫人とのつながりだけで私を家族と呼ぶアメリカ的強引さにあっけにとられた。私一人行かないことであの結束の強い家族のクリスマスが台なしになろうとは思えなかったが、ここまで彼女に言わせて皆が協力したウェスト夫人のプロジェクトが水泡に帰した、となると、なんだかひどく申し訳ない気がしてきたし、もともと、私はお年寄りには大抵のことは負けることにしていたのだった(彼女は七十になるかならぬかだが、あのパワーを思うと簡単に老人といえるのかどうかわからないけれど)。

そんなこんなのメアリとのやりとりを車の中で話すと、さすがに、みんな、――おう……と頭を抱えた。

――私の妹は私に輪をかけて強力なのよ。

ウェスト夫人はすまなさそうにいった。

二時間ほど走っただろうか、車はやがて雪のエゾマツ林の中に入り、英国の古いコテージを思わせる、林の間に生えているように存在している軒の低い家の前庭で停まった。先に着いていたウェスト夫人の長女、アンディが車の到着した気配に気づいて笑いながら出てきた。続いて、彼女の息子で今はエール大で法学を学んでいるラリー、最初に会ったときはサラサラのブロンドを『クマのプーさん』のクリストファー・ロビンそっくりにカットした、透き通るような青灰色の瞳《ひとみ》が美しい、息をのむような美少年だったのに、今では見上げるような大男になってしまって、それでもはにかんだような笑顔は昔のまま、頰を寄せて挨拶《あいさつ》すると、軽々とスーツケースを持ち、先に歩いていく。

入ると漆喰壁に梁《はり》が低く張り渡され、左奥には暖炉に火が入っている。プライオリ・マナーとは対照的な小さな暖炉だ。だが暮らしを手元に引き寄せた落ち着きがある。あちらこちら、床に置かれたクッションの上、様々な種類の椅子《いす》の上、（人気のある椅子には三匹ほど）床の上のそれぞれ存在感のある面構《つらがま》えの猫たちが一斉にこちらを振り向く。猫はこんなに人間に関心を持つものだったか、と一瞬意外に思う。それから、ああ、あれだろうかと思いついた。

不思議なことだが、動物でも人種の違いはわかるようなのだ。昔スコットランド高地の、雲が低く目の前を流れていく荒涼としてヒースも生えないような丘の上を歩いていたとき、黒い顔の羊からいかにも「なんじゃこりゃ」という顔をしてまじまじと見つめられたことがある。こちらが通り過ぎるのに合わせて、振り返って見るのだ。牛もそうだった。ロンドン近郊の農場などではそれほどまでじろじろ見られることはない。黄色人種にも慣れているせいだろう。人間も同じだ。都会ではまったく注意は払われないがスコットランド、アイルランドの田舎などに行くとそれこそまじまじと見つめられる。そこでにっこりすると、途端にあふれんばかりの笑顔が返ってくる。動物の場合微笑《ほほえ》んでも見つめられるだけだけど。

今までメアリの家にはアジア人の出入りはなかったのだろう、と思った。姉のウェスト夫人の家とは大違いだ。ウェストロード八番地はあらゆる人種が出入りする。

メアリは「スター・トレック」のスポック博士を更に細く引き延ばし、漫画に出てくる三角につり上がったようなめがねをかけた、見るからに強烈な個性の持ち主だった。しかし、温かい——愛のエネルギーを始終周りに放射しているようなオーラがある。

満面の笑顔の抱擁が終わると、私を寝室に案内して——ベッドの上にも猫がいたが——そこに座らせ、

——ほんとうにありがとう、来てくれて嬉《うれ》しいわ。

あなた以外のことはもうどうでもいいの、というようにものすごい求心力で対してくる。この辺の場の作り方はさすがだと思う。しばらく私の個人的なこととか話した後、

——この部屋は、三匹の猫の部屋でもあるの。後二匹はベッドの下にいるわ。じゃ

あ、あとでまた。

といって、出ていった。猫に遠慮しつつ私はスーツケースを開いた。実はスーツケースのほとんどはこの日のためのプレゼントで占められていた。それを全部出し、両手で抱えるようにして居間のクリスマスツリーの下へ運ぶ。もう他の人の置いたプレゼントで山ができている。

居間では皆が猫を追いやりながら何とか席を確保してお茶を飲んでいる。プライオリ・マナーに比べるとここのキッチンは本当に小さく、日本の私のそれとあまり変らない。

——居心地のいい家ですね、私はこういうの、好きです。

メアリは嬉しそうに、

——小さいでしょう。でも昔はもっと小さかったようよ。それがわかったのは、ここにくるクライエントの一人にね、そういう能力のある人がいるの。彼女が最初にこの家に来たとき、そっちの棟はオリジナルではありませんね、って言うの。彼女の目には農民風の家族がこの家の中を行ったり来たりしているのが見えるのだけれど、彼らはこの端からあそこまでしか行き来しない。キッチンのある方はまったく無視しているんですって。それで彼女は、彼らにはあっちが見えていないんだ、それではきっとあちら側は彼らが生きていた頃にはなかった部分なのだろう、って思ったんですって。で、調べてみたらその通り。

——私の部屋は？

と、私が訊《き》く。

——もちろん、彼らのテリトリーの一部よ。

とメアリはにっこり微笑む。

——私好きだわ、そういうのも、と私もにっこりする。恨みも悲劇もない、ごく普通の市井《しせい》の人々が正直に生きてきた跡というのは大好きだ、幽霊だってその秩序の一部に組み込まれているのなら、愛さずにはいられない。

それから話題が急に大統領選のことになった。当時、状況的にはほとんどゴア前副大統領に決まったようなものだったのに、信じられないようなどんでん返しでブッシュ候補が大統領に決定される、という時期だった。本当？　まさか、そんなことでいいの？　アメリカ一般市民は本当に、これでいいの？　開いた口がふさがらない、信じられない、とカナダで騒いだものだった。

皆興奮し始め、メアリは、ブッシュが大統領だなんて、なんてことだろう。まだずっとクリントンの方がましだった、いずれ私たちはクリントンを恋しがるようになるわ、と呟《つぶや》き、"We'll miss Clinton!"と小さく片手を上げる。途端に（あの穏やかな）サラやジェーンまでが、それに唱和する。エマニュエル、ウェスト夫人、私の外国組はちょっと圧倒される。ウェスト夫人はそれでもやがてブツブツと、でも彼はスキャンダルが……と呟いた。メアリはそれを聞くと、彼がセックスにだらしないというだけで彼のすべてが否定されていいわけがないわ、人には皆弱点がある。ここにいる人の中で誰か弱点のない人は手を挙げてごらんなさい、と挑発的に言う。もちろん誰も手を挙げないのを見越している。さすがのウェスト夫人も押し黙ってしまった。

やがてラリーがサンタクロースの帽子をつけ、隣の部屋のツリーの下から一つずつプレゼントを運んでくると、それに付いている小さなカードを開き、名前を読み上げる。プレゼントがたくさんあるのは、同じ人からのプレゼントが一つだけとは限らないからだ。それなら全部まとめて合理的に包んで渡せばいいようなものだが、どんなに小さなものでもきちんとラッピングしてある。開けるときの楽しみを味わうためだ。私もそれぞれから数個の包みをもらい、それぞれに数個の包みを用意していた。ラリー・サンタクロースが朗々と名前を読み上げ、恭《うやうや》しくプレゼントを渡すと、渡された方は、まずカードでそれが誰からのものかをチェックし、そちらに笑顔を見せて最初のサンキュー、続いてラッピングを解き、中身を見て、ちょっと大げさめに息を呑《の》み、皆に披露しながら「これが欲しかったの」とか「まさに私の好みにぴったり」、受けねらいの愉快なものだったら（私は、ボタンを押すと「私を川へ連れてって」と身をくねらせて歌い出す川マスのキーホルダーをいくつか用意した）、「こりゃいいや！」と何度も試してみせる、そして改めて送り主に感謝の視線を送る、という繰り返しが延々続き、居間の真ん中は開けられたラッピング・ペーパーの山になる。昔ウェスト夫人のところで過ごしたクリスマスの通りだった。

そういうふうににぎやかに夜は更《ふ》けていった。

やがてベッドタイムになり、バスルームに行こうとして、バッグをチェックしていると、歯ブラシが二本ある。思い当たることがあった。この日の朝、プライオリ・マナーのバスルームで私のものと同じ歯ブラシがぽつんと置かれているのを見て、てっきり自分が忘れたものと思い、バッグに突っ込んでそのまま出てきたのである。あのバスルームを利用していたのはほかにはウェスト夫人とエマニュエルだ。とりあえずウェスト夫人のところへ行き、歯ブラシを見せる。——さあ、知らない、私のじゃない。居間でまだアレックと談笑していたエマニュエルにきく。——違うよ。——え？　じゃあ、いったい……と目を泳がせた次の瞬間、——ジュテム！　という声が一斉に起こり、それから不謹慎にも皆で爆笑した。かわいそうなジュテム。いつもの歯ブラシが見つからなくて頭の中は疑問符でいっぱいだろう。申し訳ないやら、その姿を思い浮かべて愛《いと》しいやら、けれど笑ってしまうのだった。

この山荘自体はあまり大きくないが、敷地は広く、林のそこここに客用バンガローが建っている。エマニュエルやラリーたちは皆、それらに泊まっている。それぞれに暖炉が付いているのだが、十分な火力が保持できなかったようで、夜中に消えた火を再びつけるために雪の中小枝を探しに出てくる彼らの足音を聞くことになった（これは翌朝彼らの話でわかった）。

しんとした夜中に、天井の辺りで音がするのは、メアリがいつも彼らのために餌《えさ》をまいているというネズミたちかもしれない。そうでないかもしれない。

小さい頃から一人で蠟燭《ろうそく》をつけて過ごすクリスマスが好きだった。家族と過ごした後、部屋に戻っていつも一人蠟燭をつけてミサ曲を聞いていたものだった。それで、この夜も何となくベッドに座って、猫のキャロラインを膝《ひざ》に、林が静まってゆく音を聞いていた。そのとき、足下で寝ていた猫のシーモアが、起きあがってドアの方へ行き、まるで誰かの足にすり寄るような仕草を見せた。キャロラインが私の膝から下りて、そしてまた反対側から乗ってきて中空を見つめた。それからまた何事もなかったかのように眠りについた。

私も微笑んで中空を見つめた。

そうだ、クリスマスの醍醐味《だいごみ》は気配にあるのだ。家族の気配、それから不思議な、何かの、力の。

窓の外、林の中では雪が丹念に静けさを降り積み、猫はなじみの気配のなかで深い眠りに入っていった。

翌朝、ウェスト夫人に、とてもいいクリスマスでした、ありがとう、と礼を言うと、あなたが好きになるのはわかっていたのよ、と猫を抱きながら満足そうに言った。

トロントのリス

モシェは身長が一九〇近い。やせてはいるが骨太でがっしりしている。重いスーツケースなども数個一度に軽々両手で持って歩く。けれど顔つきは優しい。七十六歳だ。映画「ネバーエンディング・ストーリー」に出てくるファルコンに似ている。

——私は老人ではないよ。老いと年齢とは関係がないものだ。歳《とし》が若くても老いているやつもいる。

なるほど腕相撲をさせると自分の息子ほどの男たちにも負けなかった。それもそのはずで、彼は元イスラエル軍の兵士で五回の戦争を経験している。どこか古武士のような風格がある。

トロントに着いて早々、ある事故に遭い、彼に迎えに来てもらった。フロントから彼の到着の連絡があり、ロビーに下りるとそこに砂礫《されき》のにおいがするような大きな人が立っていた。静かな微笑《ほほえ》み。悲しみの最中《さなか》にある相手に何度も出会った人の持つ、そして自身も深い悲しみを通り抜けた人の持つ、決して相手の内側に立ち入らない、敬意を持って外で待っている、といった微笑みだ。

トロントで、私は身内の知り合いであるネハマ・バームにお世話になることになっていた。ネハマ・バームはハンディキャップをもった人々への治療で名高い治療者、トロントにあるムキ・バーム・アソシエーションの代表でもある。殺人的な忙しさの上、後述するが、入院した息子さんの付き添いなどで大変な時期でもあった。モシェはネハマの夫君、同じくアソシエーションで働いている。

モシェは淡々と街の説明をしながら、高速道路をすごいスピードでいとも簡単に車線変更してゆく。そのたびに日本と同じ右ハンドルの国、英国から来たばかりの私はぎくっとする。高速を降りて、特に左折するときなど、助手席にいながら頭の中が混乱して呆然《ぼうぜん》としてしまう。空間のスケールが間が抜けて見えるほど大きい、がらんとしたトロントの住宅地を走り抜けると、車は彼の知り合いの不動産屋に着いた。待っていたのは風船のように太ったキャロライン、アイルランド系の陽気で世話好きなおばさんだ。

外国人が短期で借りるにはコンドミニアムの方が気楽なのだけれど、今回は「家」を体感する滞在にしたかった。カナダでは借り手は不動産屋に何も払う必要はないのだが、貸し手は契約時に手数料を払わなければならない。それで大家はせめて一年は住んでくれる相手でないと貸したがらないのだ。頻繁に手数料を払って次の借り手を探してもらわなければならなくなるので。私はこの地に到着する前から家探しを始めていたのだが、ここで予定している滞在期間がそれほど長くないので、なかなか貸家が見つからず、電話でモシェに相談したのだった。結局モシェから依頼を受けたキャロラインの尽力で、何とか一軒、売れ残って買い手のつかない家、というのを借りることに決まった。つまり、到着したときにはすでに住む家は決まっていた。さんざんあれこれ見て歩いた末、チューダー朝風の、古くこぢんまりした家を最終的に選べた英国の時と違って、選択の余地のない、新築の家だった。

新しい家というのは基本的に苦手だ。人になじんでいないから気配が粗野だ。幸福や不幸が程良く染《し》みこんだ家は、生体の呼吸と同じようなものを感じさせて、くつろげる。新しい家には大体独特の緊張感が漂っている。が、今回はそうもいっていられない。

その家は通りに面して馬蹄型《ばていけい》に連なったテラスハウスのうちの一軒だった。玄関の前は広場で、中は半地下、三階建て、やたらに階段がある。新しいといっても外観はクラシックで、玄関を真っすぐ入って階段を少し上ると踊り場のような天井の高い居間があり（美術館の休憩所のようだ）、白い塗り壁が硬質の石膏《せっこう》像のようなひんやりとした印象を与えた。その居間の壁面いっぱいに一枚硝子《ガラス》の窓があり、そこから裏庭の梨《なし》の木が見える。更に板壁のその向こうは空き地になっていて、紅葉した楓《かえで》や黄色くなったプラタナスの木々が取り囲んでいた。その大きな窓全体がまるで少しものがなしい絵のようなのだった。たまたまそのときの心情になんだかそっと添うような風景で、板壁の上を梨の実を持って走り回るリスを見ながら、棲《す》んでもいいな、とぼんやり思った。

夕方キャロラインと共にやってきた大家氏は、ダスティン・ホフマンそっくりの、黒目がちな少し吃音《きつおん》のある男性で、トロント大学の研究室で化学を専攻しているという。最初私の方を見ずにキャロラインに、彼女は英語を話すのかと聞いた。

これはそれほど差別的な発言ではない。というのも英語などまるで話せなくても堂々とここで生活している韓国人を後にいっぱい見たし、実際移民でいっぱいの人種の坩堝《るつぼ》のようなこの都市では、英語がしゃべれないことなどさして障害にならないようにできていた。例えば救急医療でも、電話をかけた段階で自分の話す言語を選択することができるようになっていた。もちろん日本語も可、である。

それでもこのとき気のいいキャロラインは目を丸くして、何いってんのあんた、というふうに、彼女に向けられた彼の視線を私に振った。私が微笑んであいさつすると、途端に初めてそこに私がいるのが見えた、とでもいうように、彼はしきりに謝った。私は全く気にしていなかったのだが(こんなことぐらいでショックを受けていたら外国で外国人はやっていられない)、このことで思いの外彼自身傷ついてしまったらしく、それから何くれとなくやってきては家のメンテナンスをしてくれ、居間でコーヒーを飲んでゆくようになった。彼の名前はジョンという。優しく落ち着いた声の、少し吃音のある彼の英語は、辺りの空気の質まで変えてゆくようだった。同じ単語が、少しずつ繰り返され立ち現れてくる気配は、言葉の持っている本来的なセンスをゆっくりと私に味わわせるゆとりを与えた。早口の英語に少し疲れていたのかもしれない。もともと、吃音のある人と話すのは好きだった。一つの言葉がその本質を露《あら》わにしていくような空気の振動のようなものが感じられるから。

彼はポルトガル系移民で九歳の頃両親に連れられてトロントにやってきた。何回か会っているうち、彼がカナダ人にしては珍しく時間に正確なのに気づいた。電話で三時、というとほぼまちがいなくその時間に玄関のベルが鳴る。それから独特の傷つき易《やす》さを持っているということにも。

例えば話の流れから、彼は、ジャパニーズは、と言いたい。——Ja…Jap…Jap…Ja

…Jap…パ、の音がなかなか出ない。途中で止まるとそれが日本人の卑称のように言われる言葉になることに気づき、とても慌《あわ》てるのだけれども、どうしても彼の口は罠《わな》にかかったようにそこで止まってしまう。破裂音が苦手なのだ。彼は焦《あせ》る。しまいには非常な努力をしてなんとかパの音を絞り出す。その後彼は疲れ切り、傷ついた表情になる。窓の外は雪明かりに明るい静かなトロントの夜だ。私はうなずき、会話を続ける。私が、彼の気持ちに害意がないこと、彼の努力がわかっていることを彼は知っている。それでよく訪ねてくれたのだろう。彼の外見は確かにダスティン・ホフマンにそっくりだったが、知り合うごとにその印象が深まっていったのは、ダスティン・ホフマンが「レインマン」という自閉症の青年を主人公にした映画の主演男優だったからだった。

はからずも、後の方になって彼はこう言った。――昨夜テレビでアスペルガー症候群（高機能自閉症）のことをやっていて……思ったんだ、わお、これって僕のことじゃないかって。

六十年ほど前にカナーという精神科医が、他人との交流のできにくい一群の子どもたちを自閉症と名付けた。その後、フロイト派の精神分析療法や、ロジャース派の来談者中心療法などのアプローチがなされたが、効果のほどはよくわからなかった。また最初のうちは、親の育て方など、環境に原因があるのだといわれたりもした。後に脳波や代謝に異常を示す子どもたちがいることもわかり、自閉症は脳の障害であるという仮説が支配的になった。それに伴って、行動療法が台頭した。それは、患者の望ましい行動に対して褒美《ほうび》を与えることを基本にしたアプローチで、動物訓練のようだと不快に思う人も多いが、効果があると評価する人もいる。しかし、自閉症と診断された全《すべ》ての子どもたちに共通の脳の器質的障害（つまりハードウェアの障害）はまだ見つかっていないし、行動療法が万能だというわけでもない。脳の異常については、現在は、多くの人が機能的障害（つまりソフトウェアの障害）を推定しているが、それは（発熱のように）複数の原因から生じる症状かもしれない。ともかく、はっきりしていることは、自閉症については、原因も有効な治療法も明確ではないということだ。精神分析的なアプローチでも良くなっている子はいるし、行動療法でもあまり効果が見られなかった子もいるのである。ちなみにネハマ・バームは行動療法的アプローチは採らない。

さて、アスペルガー症候群のことだ。

DSM-Ⅳ（アメリカの精神医学会が作成した診断・統計マニュアル）では自閉性

障害とは別の項目に分類されているものの、これを自閉症の中でも言語能力が比較的発達し、ときには特異な能力を示すことのあるタイプ（「レインマン」の主人公のような）ではないかと考える人も多い。つまり自閉症は、ある種のスペクトルを持って存在し、アスペルガー症候群は高機能の自閉症だというわけだ。

「自閉的傾向」は「健常者」の中にも遍在する。その傾向が次第に色濃くなってゆく、その過程にアスペルガー症候群があり、その先に重度の自閉症がある、というようにも見える。

もちろん、だからそういう傾向は私の中にもある。たとえば、「強迫性」（こだわり）についていえば、学校帰りに石を蹴《け》って歩き、この石を自宅まで蹴って行けたら吉、と一人心に取り決めしたり、横断歩道は白いところだけ踏んでゆくのだ、とある日決然と自分自身に言い聞かせたり。今だって横断歩道の縞《しま》模様を歩いていて何げなく白いところを狙《ねら》って足を下ろしたりすることもある。

そういう傾向が、病的になるかならないかというのは、どれだけ自分の精神的基盤がその「取り決め」に拠《よ》っているかによるのだろう。私は途中で面倒くさくなって石蹴りを放棄したり、横断歩道の「非安全地帯」に着地したりするが、それは私の中では「根気が続かない」脆弱《ぜいじゃく》な精神力の証左としてネガティブに捉《とら》えられている。が、見ようによっては健康的なことなわけだ。

「自閉症」と診断された人たちは、秩序に固執する。こんな不安定な世の中で、何か一つでも、普遍の確かさにすがりたいと思う。もうそれに存在の全てをかけていると言ってもいい。見ようによっては「根性がある」。日常の順番が一つでも狂ったら不安になってしまう。彼らに安心感を与えるのは慣れ親しんだパターンだ。それはだから、朝のいつものコーヒーが突然紅茶になったら世界が崩壊するような気分になるし、角のところにいつものポストがなかったら大音響の叫び声でもってそれを取り戻したいと思うのだ。

世界に秩序を！

だがこの世は彼らが願っているような秩序を供給できない。普遍の確かさなんてどこにもない、死以外は。彼らから見れば他人は次の行動が全く予測できない不可解な論理で生きている別次元の生物である。何を、自分がどう行動することを要求されているのかまったくわからない。怖《おそ》ろしい。できるだけ関わり合いになりたくない。そのためには他人と目を合わせないことだ。それから他者が「そこにいないかのように」振る舞うことだ。いないことにするのだ。そういう彼らの様子を見て人は他者とのコミュニケーションが不可能と見なしてしまう。でも、彼らの気持ちは分かるような気がする。

ここからは自閉症、ここまではそうでないという線は、だから、実はどこにも引けないのだ。先に述べたようにその傾向は大なり小なりあらゆる人々のうちに遍在する。ボーダーというよりグラデーションで考えよう。

今、私のいるこの場所から、ゆるやかに拡《ひろ》がって到達しうる場所に、彼らはいる。私たちが一つの惑星の、ただ異なる場所におり、海と陸とに風が吹き、あらゆる文化圏の人々とも繋《つな》がっているように。

君はあちこち旅行するんだね、とジョンは言う。僕は、旅行は苦手だ、ほとんどこの街から出たことがない、一度ニューヨークに行ってひどい目にあった。それから彼はしばらく黙り込む。普通の人って何も言わなくても相手がどう感じているか、何となく察せられるんだよね、でも、僕はそれができないんだ。だからすごく無神経なことをしてしまうらしくて、小さい頃から非難されてきたんだけれど……。ジョンは小さな男の子のように目を伏せた。でも私も察しはしても、いつも当たるとは限らない、とんでもない誤解をしているときもあるし。人と人とが本当に理解し合うなんてことはないんじゃないかな、と私は言う。まあ、それでも一緒にコーヒーは飲めるわけだし。

モシェとネハマの家は、トロントの閑静な住宅地、ノースヨークにある。広い庭には、常時黒リスが走り回っている。訪ねたときはいつも数匹の黒リスがいたから、（そして冬だというのにトロントのリスは冬眠しない。最近の傾向なのだそうだ）常時といってもあまり差し支えないだろう。

英国には黒リスはほとんどいなかった。大体、英国の動物図鑑にも載っていない。私が英国で黒リスを見たのは二回、一度目はルーシー・ボストンのお茶会に招かれたときのこと。秋だった。窓の外は次第に暮れなずみ、当時九十四歳だった彼女は、ふと思い出したように立ち上がり、木立に面したテラスに出てナッツを撒《ま》き始めた。すると待っていたようにあちらこちらからティット（カラ類）やリスたちが集い始めたのだった。その光景は絵のようだった。その中に黒リスがいた。——私の黒リス。この庭に棲んでいるのです。彼女は嬉《うれ》しそうに言った。同席した他の客は皆、英国ではほかに見たことがない、と口々に言った。グリーン・ノウ（彼女の作品に出てくるお屋敷。彼女自身の古い家がモデル）にいる不思議と相まって、小さな黒リスはまるで漆黒の宝石のように私の目に映った。二度目はS・ワーデンから二時間ほどのところをドライブしていたとき。車内から走り去る黒リスを見つけて、興奮がなかなか醒《さ》めなかった。

そんな思い入れがあったから、カナダであちらこちらに黒リスを見つけたとき、私のアンテナは覚醒《かくせい》しっぱなしだった。しかし直に慣れてしまった。まるで雀《すずめ》のようにどこにでもいるのだもの。といっても、やはり黒リスが走っていると嬉しい。しかもモシェとネハマの家にはいつも（たっぷりと！）いた。

ラブラドール・レトリバーのポピーが熱烈歓迎してくれる彼らの居間は、アソシエーションに通う子どもたちの作品や、彼らの息子、ムキの彫塑《ちょうそ》などが飾られており、何ともいえない温かい雰囲気だ。

最初、この居間に通されたとき、モシエが言った。

――さあ、選択肢が五つある。オレンジジュース、アップルジュース、ミルクティー、レモンティー、マッドコーヒー。

――マッドコーヒー？

ネハマが、おう、といった顔で中空を睨《にら》み、本当にマッドよ、と、おどかすように言う。モシェのお得意なの。どういうものですか？　うーん、飲んだら分かる。じゃあ、私はマッドコーヒー。よし、正解だ。モシェは満足そうに片目をつむって台所へ去る。

私はトロントにいる間、幾度となく彼らの家でごちそうになったけれど、ネハマが台所に立つのを見たことがない。モシェは素晴らしいコックで、おいしいイスラエル料理をつくってくれるし、身軽に洗い物にも精を出す。コーヒーをトレイで運んでくれるのももちろんモシェだ。その全てを笑顔と、少しの不器用と、それから毅然《きぜん》とした品格でもって行う。台所に立つことが男の沽券(こけん)に関わるなんてこれっぽっちも思ってないのだ。ネハマのことを心から尊敬しているのが分かる。かといって、どちらが優位、ということもない。結婚して四十五年である。洗練された男性性はたとえ洗濯物を干していたって男らしくかっこいいのだった。

モシェのいれてくれたマッドコーヒーは、独特の香辛料の香りがした。よく知っている香りだが思い出せない。底の方にコーヒーの粉が沈んでいるから最後の方は残すように、とネハマからアドバイスを受ける。すごく変わってる、けれど好き、というとモシェは嬉しそうな顔をして、一般の、コーヒーを漉《こ》して入れるやり方なんて、コーヒーの風味だけつけたお湯みたいなものだ、本当のエッセンスはみんな捨ててしまう。コーヒーはぐらぐら煮出さないといけない、と真剣に説く。何が入っているの。

ごく普通のコーヒー粉だ。でも香辛料が入ってるでしょ。ああ、それはカルダモンだ。ああ、そうか、カルダモン。私もミルクティーによく入れる。でもコーヒーに入れるなんて考えてもみなかった。

モシェに拠れば、同じものがギリシャに行けばグリークコーヒー、トルコ側に来ればターキッシュコーヒーになるのだそうだ。しかし後に友人のギリシャ人のエマニュエルに聞くと、グリークコーヒーにはカルダモンは入らないと言うから、これはモシェ独自の考案なのかも知れない。

彼ら二人はヘブライ語で話す。

――イスラエルでは建国のとき、ヘブライ語を復活させることを決めたのよ。

ネハマは説明する。

彼女は今年六十四、イスラエルでソーシャル・ワーカーをしていた。モシェとの間に生まれた息子、ムキは脳性小児麻痺《まひ》で、深刻な聴覚障碍《しょうがい》があった。

――私はイスラエルの専門家たちに、ムキはひと塊りの肉塊以上のものにはなれないだろうから、施設に入れろと言われたの。でも私には、ムキはとても知的な存在で、ただ、脳性小児麻痺と聾唖《ろうあ》という檻《おり》の囚人なんだってことが分かっていた。私は彼の生命線だった。私は彼に全てを教えた、歩くこと、話すこと、理解すること、そして社会生活のための訓練。私はあの頃生活の全てを彼に捧《ささ》げた。朝から晩まで。いいえ、それ以上に。

けれど、当時のイスラエルではムキの教育のためのシステムはなかった。ネハマは、もうすでに何回も繰り返してきた話なのだろう、そうに違いないのに、彼女の声には未《いま》だに当時の絶望が滲《にじ》んでいるかのようだった。血を吐くような、という形容が浮かぶ。

——私が彼にできるのはそこまでだって分かっていた。いつか私は死ぬ、そしたら彼はどうなる？

ああ、これは全ての障碍と共に生きる子の親が考えることだ。

しかしここからのネハマの行動力は更にすごかった。

——イスラエルを去るときが来たと思ったわ。そして、ムキが感情的にも肉体的にも独立できる国を探すときが来たんだ、と。

ネハマはそれからムキと長女を連れトロント大学に入学し、イスラエルで得ていた学位に加えて、新たに心理学の学位と教育学の博士号も取った。そして、この、ムキの名前を冠したムキ・バーム・アソシエーションを設立し、同じように自閉症を含む様々な障碍と共に生きる人々のためのリハビリテーションサービスを展開しているのだった。ネハマがトロントに来て四年後に、軍を退役したモシェもトロントに移ってきた。

ムキはそれからアソシエーションのコンピューター・プログラマーとして独立した。ボランティアの手を借りながら、自分のアパートで一人暮らしも始めた。明るく快活で、独創的な彫塑もつくるし、英語とヘブライ語を理解する。しかし私がカナダを訪れる一年ほど前、彼の脊椎《せきつい》にトラブルが見つかった。長い入院と手術を余儀なくされ、退院してからはまたモシェとネハマの家に戻ってきた。私がハローというと、いっぱいの笑顔でハローと返す。ムキは、唇を読むのよ、それであなたの言ってることがわかるの、とネハマが横から微笑《ほほえ》んで言う。発音に気をつければ、と私は言う。ムキと私は同い年だ。いろいろありましたよね、この年齢は、とある種の連帯を込めてムキに話しかける。ほんとだ、とムキは嬉しそうに応じる。食事の間もデザートの時もムキはずっとテーブルに着いていた。こんなことは初めてよ、ムキはすぐ疲れてしまって部屋に戻るの、とネハマが驚いた表情を作る。多少は遠来の客である私へのサービスからの言葉であろうけれど。光栄です、と私はまじめに答えた。車椅子《くるまいす》の生活を続けるムキのために、モシェはもくもくと献身的に尽くしている。その体を車椅子から食卓へ、さらにベッドへ、と抱きかかえて移動させていた。それは決してべたべたしてもおらず、また疲れた風でもなく、感情が必要以上に滲まない淡々としたやり方で、体力と気力に十分な余裕のある人の作業だった。モシェがそういうふうに身の回りをみているのはムキだけではなかった。

ネハマとモシェは自分の実子だけでなく、今まで障碍を持つ十数人を自宅に引き取り、成人を迎えるまで面倒を見ていた。

——なかでも重い自閉症の子が一人いて、十数年ひと言もしゃべらなかったのよ。でも、その子が一度だけ、たった一度、しゃべった言葉がある。

ある日大勢で湖畔にピクニックに行ったときのこと。食事をしたり、その世話をしたり、スタッフと共に泳いだり、そんな時間を過ごしていたら、その重い自閉症の子は、傍らにいたモシェに、小さな声、本当に小鳥のような囁《ささや》き声でかすかに——アイラブ　ユーと、いったのだそうだ。実に十五歳にして初めてしゃべった言葉。

——モシェは電気に打たれたようになって目を丸くして、聞いた？　今の聞いた？　ってみんな叫ぶように互いを見やって……奇跡のようだった。信じられなかったのよ。

でも本当のことだった。

愛のスケールが違う。

カナダを去るとき、彼らがお別れパーティを開いてくれた。食後の飲み物を聞かれて、夜はコーヒーを飲まないことにしていた私は一瞬迷ったが、もうこれがモシェのコーヒーの最後だと思い、思い切ってマッドコーヒーを頼んだ。モシェは私が夜カフェインをとらないことを知っていたので、本当に？　としばらく私が前言撤回する猶《ゆう》予《よ》を与える、という風《ふ》情《ぜい》でいたずらっぽい目で見つめていたが、わかった、薄い、軽い、マッドをつくろう、と台所に向かった。

薄い、軽い、マッド。それは適度に刺激的で、コーヒーのエッセンスの香りを損なわないものだった。

モシェと同じ名を持つ聖書上の人物を、日本ではモーセと呼ぶ。

イスラエルという国のあり方については私は自分の中でまだ了解が取れないでいる。けれどモシェにはモシェの歴史がある。第二次世界大戦期をユダヤ人として過ごした彼には、何が何でも建国しなければならなかった事情があったのだろう。

モシェ自身は、自分の参加したいくつかの戦争について、酒の席での肴《さかな》にしたり、無意識に相手にカウンセリングを要求したり、ましてやそれを誇ったりしたことなど一度もなかった。ただ、何かのとき一度だけ——たぶん、どこの何が不味《まず》かった、とかいう話だったと思うが――こう言ったことがある。

――何ヶ月も砂漠での攻防が続くとどんなものでもおいしいと思える。どんな女性でも絶世の美女に見える。

そう穏やかに微笑んで言われると、私は山ほどある質問ができない。

……モシェ、イスラエル建国は本当に喜ばしいことだろうか。それからのあなた方のパレスチナに対するやり方も。マサダの砦《とりで》であなた方は負けた。あなた方があのときからずっと、二千年近く、このことを悲願としてきた気持ちは想像できる。分かるとは言わないけれど。モシェ、私はあなたが真面目《まじめ》に洗いものをしているときの顔が好きだ。けれど、戦争は、あなたはその日常の顔を、どこへやってしまうの?……

トロントで住んでいた家の、居間の硝子《ガラス》窓の向こうに見える空き地には三角屋根のアトリエのような小屋があって、カバーを掛けられたボートがぽつんと打ち捨てられたように置いてあった。そこで人の姿を見かけたことはなく、降り積もった雪の上を灰色リスと黒リスが相変わらずすごい早さで走り回っていた。大きな鳥の巣のようなものがあちこち空き地の木の枝の間にあり、どうやらそれがリスたちの巣のようなのだった。雪の積もった朝はいつも、リスの足跡が裏口のドアのところまでついていて、私が置いておくピーナッツの確認に寄っているのがわかった。時にはアライグマや狐《きつね》の足跡も付いていた。

最初、私は、リスたちは冬眠のために脂肪分が要るのだ、だからああやって頰袋いっぱいにためながら、準備に余念がないのだ、あのスピードは彼らの心の焦《あせ》りなのだ、大したものだ、と感じ入っていた。雪が降り始めるようになって、おお、もういくらなんでも最後だろう、と毎日毎日別れを惜しんでいた。さすがにだんだん、冬眠はどうしたのだ、寒くないのか、と硝子窓のこちらから問い質《ただ》したりしたものだったが、ある日知り合いから彼らが冬眠しなくなったことを告げられ、あきれた。都市化で冬でも餌《えさ》に困らなくなったこと、温暖化の影響もあるのだろう。

日本でも英国でも灰色リスがネイティブのリスを駆逐し、繁殖しているが、ここでは両者が適当にケンカしながら、仲が悪いまま何とか共存を保っていた。

ウェスト夫人は灰色リスを見るたびに、厚かましく侵略してゆくアメリカ産、と自《じ》嘲《ちょう》気味に呟《つぶや》いていたものだった。彼女自身もアメリカ生まれなのだったが。

最後の日、私は残っていたピーナッツをできるだけ分散しながらあちこちに撒《ま》いて家を出た。

ジョンもお別れにやってきて、空港まで送ってくれることになった。車の中では感傷的にもならず、いつもと同じように会話した。

——昨日、ある集まりがあって、司会者に、じゃあ、ちょっと前に出てみてください、といわれたんでどんどん前に行って、その人の顔のすぐ目の前まで行ったんだ。そしたらみんな笑うんだよ。ジョークだと思ってるんだ。ところが僕ときたらなぜ笑われているのかわからないんだ。その人が驚いた顔をして、ハローというので、何か不都合なことをしたんだ、ってわかったんだ。

——そうか、どこまで前へ出てください、って相手は言ってないんだものね。どこからどこまでが、彼の考える妥当な「前」なのか、範囲を指定しなかったのだものね。普通は、「彼」の前でなく、ぎりぎり「聴衆全体」の前ぐらいでいいのかもしれない。でも相手の目の真ん前だって、前には違いないんだもの。言っていないことを察するのは難しいね。

——そうなんだよ、難しいんだ、化学の論文なんかよりずっと。

——ああ、化学の論文の方がそれは、遥《はる》かに論理的合理的だものね、でも私にはそっちがずっと難しい。

——僕たち、足して二で割れないもんだろうか。

——そうだねえ、全《すべ》ての人間を足してその数で割ったら、みんな分かり合えるようになるかなあ。

——うーん、でもそれもどうかなあ。

——分かり合えない、っていうのは案外大事なことかもしれないねえ。

——うーん……。この間、不動産屋がアラブからきたばかりの人たち連れてきただろう、君、初めてだったんじゃないか。

私が帰国した後の家を、貸家と売り家の両方で出していたので、様々な不動産屋が様々な国の人々を連れて見学に来ていた。その中に彼の言う人たちもいた。

——いや、初めてではなかったけど。

——そう。彼らのことをわからないと言う人がいるけど、自分の論理を押しつけて来るという点では、僕にはみんな同じだな。

——……。

S・ワーデンに昔イスラームの人たちが闊歩《かっぽ》していた時期があった。石油産業が大隆盛の時代で、資金の有り余ったアラブの国々が、国を挙げてエリート予備軍を大量に英国に送りだしたのだ。S・ワーデンでは彼らのホームステイ先がなかなか見つからなかった。習慣の違いから彼らは敬遠されがちだった。なかでも一人、どうしてもホームステイ先の決まらない男性がいた。学校の寮なら空いているものを、彼がホームステイに固執したのには理由があった。学校の寮では自分のライフスタイルを固持することができなかったからである。定期的にやってくるラマダン（断食行《だんじき》）、礼拝などに加えて、故郷を遠く離れた彼らには飲酒という抗《あらが》いがたい魅力を持った新しい習慣が加わった。ラマダンは太陽が沈むまでだから、もうそれからは酒池肉林の騒ぎである（すでに飲酒しているのだからラマダンだって無視しても良さそうなものだが、これはもう彼らのアイデンティティに深く食い込んだ習慣らしい）。といっても、彼らの宴席には女性は侍《はべ》らない。女性は同席できないのだ。その代わりに大音響のアラブ音楽と強烈な香水が漂う。どちらも、その文化に縁遠いものにはストレスがかかる。もちろん、最後にはウェスト夫人が引き受けることになった。彼の名前はオスマンといった。

——彼が友人を呼ぶというのでね、ああ、パーティね、と思って一生懸命料理をつくったの、まだ彼のことがよく分からないから歓迎の意味も込めてね、ところが私は同席できないのよ！　申し訳ないけれど、ウェスト夫人、あなたはここには入れない、っていうの。それで私は、台所で彼の妻と二人、しみじみ食べたの。

彼の妻というのは当時十五歳、結婚当初は十三歳だったという。私も一度会ったことがあるけれど、まだ華奢《きゃしゃ》な、本当に少女と言っていいぐらいの小さなかわいらしい人だった。口元だけ上に引き上げる、疲れた笑顔をして、細い腕で赤ん坊を抱いていた。

――オスマンが羊何頭かを彼女の父親に渡して手に入れたのよ！　信じられますか？　彼女はまだたった十三だったのよ。

彼女は憤懣《ふんまん》やるかたない、といった勢いで拳《こぶし》を握る。

――彼は本当に彼女にひどかった、暴力は振るうわ、真夜中に帰ってきて彼女をたたき起こして働かせるわ。ある晩なんか、ものすごい音がして、彼は家を出て行って、彼女と赤ん坊だけが残されて、彼女がすすり泣いているの。彼女は英語はひと言もしゃべれなかったから、どうやってなぐさめてやっていいか分からない。それで、私は彼女を助手席に乗せて一晩中ドライブしたんです。何も言わずに。少しは気が晴れるかと思って。ああ、あんなつらいドライブはなかった、私は一生忘れられませんよ。

次にオスマンに会ったとき、奥さんのことどう思っているのか、ってきいたら、ああ、ちょっと恥ずかしい、って答えるじゃないの、それを聞いて私は心底嬉《うれ》しかったの。でも次の瞬間、この歳《とし》で、まだ一人しか妻がいないなんて、っていうじゃない！イスラームは四人までの妻帯を認めている。思わず笑ってしまったが、敬虔《けいけん》なクリスチャンであるウェスト夫人には身の毛もよだつような存在であったに違いない。しかし、私は確信しているが、もしまたオスマンがやってきて、「泊まるところがない」といったら、彼女は二つ返事で頷《うなず》いて、すぐに彼のためにどこか眠るところを探しただろう。もしそれができなかったら自分のベッドを明け渡し、自分は隣のサリーのところへ行くだろう（私は何度もそういう現場を見てきた、相手はオスマンではなかったが）。

私たちはイスラームの人たちの内界を本当には知らない。分かってあげられない。しかし分かっていないことは分かっている。ウェスト夫人は私の見た限り、彼らを分かろうと聖人的な努力を払っていた、ということは決してなかった。彼らの食べ散らかした跡について、彼らのバスルームの使用法について、彼らの流す大音響の音楽について、いつも頭を抱え、ため息をつき、こぼしていた。自分が彼らを分からないことは分かっていた。好きではなかったがその存在は受け容《い》れていた。

理解はできないが受け容れる。ということを、観念上だけのものにしない、ということ。

同時多発テロ事件のチャリティ・コンサートで、ニール・ヤングは放送自粛を叫ばれていた「イマジン」を歌った。

最近のウェスト夫人の手紙から——二〇〇一年末——

親愛なるK・・

私たちの惑星がひょいと宙返りして、みんなが不安になっているような、こんなひどいときこそ、私はあなたと連絡を取って、何マイルもの距離を越えて手をつないでいたいと感じています。——中略——

あのとき、私たちの家族の三人が——メアリ、ジェーン、そしてラリーです——ニューヨーク・マンハッタンへ向かう途中でした。電車に乗っていたメアリとジェーンの二人は、ちょうど携帯電話が鳴って何が起こったか知ったとき、次の駅で電車を降ろされ、家に帰りました。ラリーはまさにその朝、ツインタワーで行われるはずの面接に向かう途中でした。来年の夏のアルバイトのための面接です。私たちはラッキーでしたが、でもそうでない家族もたくさんあったわけです。

私は平和集会やデモ、徹夜集会に参加し続けています。私たちローカルCND (Campaign for Nuclear Disarmament) のメンバーは毎週土曜日の夜に徹夜集会を開くことになりました。

サラはミズーリ大学の英国分校に無事赴任、言っていたケンジントンのフラットにおさまりました。これからはしょっちゅう彼女に会えると思います。そこから、彼女は今回ダウニング街周辺で行われた平和決起集会に私たちと一緒に参加しました。世の中がどうなるのか、みんな本当に危機感を持っているのよ……

親愛なるK・・

私たちのかわいそうな懐《なつ》かしの惑星は、きりきり舞いさせられています。今週続いたひどい爆撃の後で、いったい世界の平和ということがあり得るかしら。町ごと吹っ飛ばして貧しさに打ちひしがれた何千人もの人々を殺したりすることで、世界から悪を取り除こうと必死になっている男たちの頭から生まれた、あの狂気じみた理想主義を刻みつけられるとでも？　それはただ、その病んだ理想主義をもっと多くの若い頭脳に伝染させるだけです。だから、これからは私たちの肩越しで何が起こりつつあるのか、一人一人が疑惑の目を持って見守らなければなりません。私たちは彼らが爆撃をやめてくれるように、懸命に祈っています。私はなんだかアメリカ人として生まれたことを恥じるような気分になっています……。

打ち続くアフガニスタン爆撃のニュースに、英国の友人たちと喜ばしくもない一体感で繋《つな》がれながら、これが煉獄《れんごく》の世というものなのか、と暗澹《あんたん》たる思いでいた夜、突然見知らぬ方から電話がかかってきた。沖縄出身の墨絵画家、金城美智子《きんじょうみちこ》さんだった。彼女は「島」というものに惹《ひ》かれて、クレタ島やマルタ島を中心に滞在しながら、表現活動を続けてきたのだったが、今故郷の沖縄で個展を開いているため、一時的に沖縄に帰っているのだという。

——私はヤドカリのように、あちこちを転々としているんです。今回、その島々からの帰国途中、英国に寄って、ある町からケンブリッジに行こうとバス停でバスを待っていたら……

向こうからにこにこした老婦人たちが近づいてきて、日本人の方ですか、と彼女に声をかけ、そのまま集会所に拉致《らち》された（彼女はもちろん、こんな表現は使わなかったが、その場の情景がありありと目の前に浮かんだ私は、そうに違いないと確信している）のだそうだ。その後、ウェスト夫人の家に招かれ、一日彼女の庭や居間でお茶を共にし、私のことを聞かされた彼女は、是非、連絡を取ってみてくれと頼まれたのだそうだ。

実はその少し前に、私は軽い骨折をしていて、そのことをちらりと手紙で知らせたなり何も言わなかったので、却《かえ》ってウェスト夫人の心配を煽《あお》ることになっていたらしかった。

当然のことながら私はとても恐縮してしまった。見ず知らずの人間に電話するなんて、結構ためらうものがあったはずだ。まったくウェスト夫人ときたら……日本はあなたが考えるより遥《はる》かに多くの人口を抱えている国なのです、と私は心の中で多少文句を言った。

――ではすっかりよろしいのですね。ああ、それは良かった、どんなにほっとされることでしょう。ご様子をしっかり確かめてご連絡する、と約束してきたものですから。それにしても、なんてさわやかな生き方をなさっている方なのでしょう、あの方は……。あの方があんなに気にかけているK・さん、というので、私も早くお電話してみたかったのですが……いろいろとあって遅くなってしまって……

ええ、さわやか、というか、とにかくすごい人です、型破りです、と、私たちは初めての会話にもかかわらずすっかり打ち解けて、一時間以上話し続けた。金城さん自身がとても魅力的な芸術家だった。これはウェスト夫人のプレゼントだ、と彼女のウインクを感じながら、その夜はいつもより少し幸せに眠りに就いたのだった。

親愛なるK・・

ああ、こういうことがすべてうまく収まって、また一緒に庭でお茶が飲めたらどんなにいいでしょう。私は左肩にドリスを、右肩にはこの間亡《な》くなったマーガレットを乗せてるわ。あなたの大好きなロビンも、きっと何代も前のロビンたちを引き連れてクッキングアップルの木の上で歌うでしょう。いつものように、ドライブにも行きましょう。春になったら、苺《いちご》を摘みに。それから水仙やブルーベルが咲き乱れる、あの川べりに。きっとまた、カモの雛《ひな》たちが走り回っているわ。私たちはまたパンくずを持って親になった去年の雛たちの子どもたちにあげるのよ。私たちはそういうことを毎年続けてきたのです。毎年続けていくのです……。

五年後に

エマニュエルが日本にやってくるというので、関西国際空港まで迎えに行った。迎えに来なくていい、何とか自力で辿《たど》り着くよ、と彼は言うのだが、日本語のにの字も知らない外国人がいくつもの電車を乗り換えて、あるいはタクシーに説明しながら、(このとき私の住んでいた)兵庫県の家まで辿り着く、というのは、ほとんど無謀としか思えなかった。のみならず、飛行機が着くのは夜の八時頃。(間違いなく彼にとって)気の遠くなるようなカルチャーショックを重ねながら、何とか辿り着けたとしても、真夜中過ぎになるだろう。そんなことを言うなんて、エマニュエルはあまりに日本を知らない。必ず迎えに行くから、万が一交通事情などの遅れで私がその場にいなくても、動かずに待っていてくれるように、と説得するように伝えた。

逢《あ》うのはほとんど五年ぶりだ。最後に逢ったのがニューヨークのクリスマスだから。あれから、世界は、本当に激変してしまった!

この五年間はきっとお互いに急激に歳《とし》をとったとも言える五年間であろうから、逢ったときすぐに分からないかも知れない、と出てくる人々を注視した。あの人、かな、この人かも、と、「変化している」可能性を考えながら、似た背格好の男性が出てくるたび目を凝らしたので少し疲れた。

けれど心配は杞憂《きゆう》だった。あの人かな、と訝《いぶか》しく思うような相手は、そもそも最初からエマニュエルではないのだった。エマニュエルには、一目見た瞬間、もうエマニュエル以外の何者でもあり得ない、と確信できる何かがある。もっとも、それはエマニュエルに限らない。私にとって親しい友人は皆、そうだから。その手のこと——人の纏《まと》っている気配の核心的なことの性質——を、忘れていた。

感動の再会、をすませて、駐車場においてあった車に乗り込み、湾岸道路を神戸方面へ走る。知人の近況などに花が咲く。けれど、楽しい話題ばかりではなく、私たちに共通の大事な人の、深刻な病気のことについても。いかにもその人らしい、その病気の処し方についても。

そうしている間にも、鉄橋の明かり、市街地の明かり、近未来の廃墟《はいきょ》のようにぼうっと明らむ工場群、などに目をやる彼を見ながら、これが彼の最初の日本の印象になるのだろう、と思う。

家に着き、リビングのテーブルの向こうの彼を改めて見たとき、思わず、

——まあ、本当に！　嘘《うそ》みたい。信じられない光景だ。ねえ？　私にとって、S・ワーデンと、日本の生活は、全く違う、まるっきり違う世界なの。自分の中の、永遠に重ならない二つの層のようなものだったの。あなたが、ここにいるなんて、本来、全く、ありえないことなの！　奇跡を見ているようよ。

私は一言一言、力を込めて言った。彼は、愉快そうに笑って、

——わかるよ、それ。僕だって、自分が今ここにこうしているのが信じられないもの。ねえ、僕が飛行機の中で勉強してきた日本語を言うよ、聞いて、正しいかどうか。

うんうん、言ってみて、と言う私の耳に飛び込んできたのは、

——オオキニ！

私は絶句して何も言えない。こんな、「ヘンなガイジン」みたいな言葉を、よもやこのエマニュエルの口から聞こうとは。

——どう？　発音は？　イントネーションは？

私は仕方なく、

——完璧《かんぺき》。洗練の極み。

と呟《つぶや》いて、それから吹き出した。彼も吹き出した。自分が（あの常々奇妙に聞こえ

ていた）日本語をしゃべっている、という事実がとてつもなく愉快なのだろう。それから話題はこの五年間の憂《うれ》うべき世界情勢に移った。お互いの知っている情報、知らない情報が飛び交う。

そして次の日から、驚いたことに彼は私のガイドなしで、この「オオキニ」と笑顔だけで、京都、奈良、大阪、そして熊野《くまの》と、一人で地元の交通機関を使いながら観光を完遂してしまったのだった。さすがに熊野では憔悴《しょうすい》したようだったが。

日本に来る飛行機の中で、隣に座っていた日本人女性がとても優雅に箸《はし》を使っているのが印象的だったらしく、この滞在中、その「技をマスター」したいと、彼は果敢に箸に挑戦した。最初の朝、私がイングリッシュ・ブレックファストを準備すると、「これ、君たちの伝統的な食事かい？」とからかうように言い、それなら、と私はみそ汁を用意した。さすがに納豆は酷だと思ったので出さなかったが、出したら出したで厳粛な顔をしてトライしたことだろう。

どうして日本人の家は玄関を入ってすぐがみんなタイルかセメントなんだ？　とか、通りを歩いていると水を入れたペットボトルが置いてあるのはなぜ？　など、日々疑問は尽きないらしかった。

——あれ、何なの？　伊勢の方、郊外に行くと、畑に何か——植物なんだけれど、丈が高くなくて、パイプのように連なっていて……。

——パイプ？

わけが分からなかった。彼はそれから、その植物を描いて見せたのだが、それはいわゆる「植物」で、何、と同定出来るような特徴はなかった。パイプ、というのはもしかしてビニールハウスのようなものかと思い、そう訊《き》いても、いや、そうではないという。全体は植物の緑色をしているという。

数日、分からなかったが、ふっと閃《ひらめ》いて、

——あ、それは、たぶん、お茶の木！

そう言うと、彼は大きく頷《うなず》き、

——なんか、そんな類《たぐ》いのものだと思った。日常よく口にする何か。あんなにたくさんあったからね……。

箸に関しては、彼は格段の進歩を遂げた。それで最後の日、私はおみやげに箸と箸箱をプレゼントした。帰国後、Eメールで、「帰りの飛行機の中で食事が出たとき、ナイフとフォークにするか、箸にするか、とスチュワーデスに訊かれたんで、僕はもちろん、箸にする、と厳かに答えたんだ。そしたら、割り箸を渡そうとするから、いや、結構、僕は自分用のをもってるんでね、と言って、君からもらった箸を取り出して見せた。僕の作法は彼女にいたく感銘を与えたようで、食事が終わった後、彼女は、お洗いしましょう、と言って、箸を洗ってきてくれたんだよ。それから飛行機に乗っている間、僕はずっと彼女の僕に対する尊敬を感じていた……」。良かった、良かった、と返信で書き送った。

彼の滞在中、私は所用のため東京へ移動した。彼も世界遺産になった熊野古道を歩いた翌日、東京へ来て、いっしょに六本木ヒルズ森タワーの五十二階から東京を見下ろした。

――なんだか、この落差にくらくらしそうだ。

――あなたは、この一日で、千年の旅をしたのよ。

そう言うと、

――本当だ、それは。

と、真顔で答えた。それから、

――海、見たよ。

——ああ、熊野灘《なだ》？

——うん、それ。

彼はそれから、言いにくいことを言うかのように、ちょっと俯《うつむ》いて、

——K・・、You are not capable……

と呟いた。その言葉が一瞬虚をついたように私に迫って、私は、……I am not capable of what? と、質《ただ》すべきか、それとも I know と認めて、それから押し黙るべきか、どちらとも分からず、ただどちらも口にしかねて、視線をそらして微笑《ほほえ》むしかなかった……。

私が目指したいもの、死ぬまでには万分の一といえども成し遂げたいこと、彼はそのことについて言ったのだったか。私には直観的にそうは思えなかった。また、彼がそのとき、私の中に近年起こりつつある様々な逡巡《しゅんじゅん》と変化に気が付いていたとも思えない。きっと、私がこのとき凝っていたカヤックのことを心配していたのだろう。けれど、その言葉は私の心の表層的な部分を抜けて、まるでデルフォイの神託のように、心の井戸の、深いところに落ちていったのだった。

だから、長年の友人というものは油断ならない。

できること、できないこと。ものすごくがんばればなんとかなるかもしれないこと。初めからやらないほうがいいかもしれないこと。やりたいことをやっているように見えて、本当にやりたいことから逃げているのかもしれないこと。——いいかげん、その見極めがついてもいい歳なのだった。

けれど、できないとどこかでそう思っていても、諦《あきら》めてはならないこともある。

After five years have past.

世界は、相変わらず迷走を続け、そして私もその中にいる。

解説

清水真砂子

本書は「ウェスト夫人」および彼女をめぐる人々と著者・梨木香歩の交友記である。と書けば身も蓋《ふた》もないが、下手をすると鼻白む自慢話、体験談に陥ってしまうこの手の文を香り立つ随筆に仕立て上げたのは、もっぱら梨木香歩のペンの力による。『西の魔女が死んだ』以来一作一作が注目を浴びてきた梨木の筆力はこの随筆でもゆらぎを見せず、リュートをかなでるようなその文体は読む者を清冽《せいれつ》な覚醒《かくせい》へと誘う。

「ウェスト夫人」とは、本文にあきらかなように、著者が二十代のはじめ、日本の大学を脱け出して向かった英国のエセックス州S・ワーデンで世話になった下宿の女主人である。米国生まれのこの女性との出会いは、まれに見る豊かな人間性をもった一クウェーカー教徒の存在を梨木に知らしめただけでなく、その下宿に出入りする国籍や人種の壁をこえた多様な人々との邂逅《かいこう》をもたらし、梨木の中にもとよりあった鋭く、かつ繊細な感受性と思考する力を刺戟《しげき》して、人間存在の深い洞察へと彼女を導いていく。

梨木は、たとえば「子ども部屋」と題する章の中で、ウェスト夫人の別れた夫のナニーだったドリスという女性のことを考える。ドリスは八歳で子守りとしてヨークシャの田舎の裕福な地主であったウェスト家に入り、八十八歳で死ぬまで、同家で奉公を続けた。読み書きこそできなかったが、家事一切のエキスパートとして、同家に嫁いできたウェスト夫人にくらしの手ほどきをした女性である。梨木はこの「働き者で忠義者」のドリスのくらしと、ストイックな修道僧の生活とは、どこがちがうのかと考える。ドリスのような暮らしを続けながら、その「日常を内省的に深く生き抜くこと」で、「理想的なクウェーカーの生活」すなわち「無駄なものをすべて削《そ》ぎ落とし、ただ内なる神とのコンタクトにのみ焦点を当てる生活」へとつなげることはできないものかと考える。そう考えながら、彼女は一方で、「日常を深く生き抜く、ということは、そもそもどこまで可能なのか」と自らに問う。

湖水地方の自然の中を逍遥《しょうよう》する梨木は雨で水かさの増した川を渡るに、もはや靴を脱いで裸足になるしかない、と覚悟を決める瞬間の自らの内側にふと目をやって、こういう瞬間は「個人の体験としては」いつも「自力で重いドアを押して向こう側の空気に身を晒《さら》すような清冽なものだ」という。梨木のこういう身体感覚に私は惹《ひ》かれる。

そしてこのあと梨木の思考は十七世紀にコングレガシオン・ド・ノートルダム修道会を設立したマルグリット・ブールジョワの信仰のあり方へと向かう。著者は高度な精神文化をもつ先住民の土地にキリスト教の十字架を打ち立てることに見られるその厚かましさと無神経さを今日の目でちらと批判しながら、「ひたすら信じること、それによって生み出される推進力」と「自分の信念に絶えず冷静に疑問を突きつけることによる負荷」という相反する方向性をひとりの人間の中に豊かな調和を保ちつつ内在させることは可能だろうかと問い、再び激しい水流の中、岩の上に確かな足場をさぐりつつ、「何か方法があるのだろう」とつぶやく。そして、「コツさえ見いだせば」「二つ以上の相反する方向性を保つということは、案外一人の存在をきちんと安定させていくには有効な方法」かもしれない、と考えるに至る。

このあとに続く、荒涼とした風景の中を流れる風を感じとっての「子ども部屋」の考察は梨木のこの世に立つところをより一層くっきりと浮かび上がらせる。彼女は「子ども部屋を出たその場から、たとえ日本にいても、私にとってはどこでも異国だった」と言いきり、逆に「子ども部屋の風が吹いているところは、私にはどこでも懐《なつ》かしい故郷なのだった」と語る。

言ってみれば、梨木はいつも旅人であり、異邦人なのだ。この異邦人の意識がおそらくは梨木をして軽やかに異国に旅立たせるのにちがいない。そして、もしもそこに子ども部屋の風を感じとれば、梨木はウェスト夫人の下宿にいても、オックスフォードストリートでダイ・インに参加して空をあおいでいても、ニューヨークに、トロントに、はたまた湖水地方に、あるいはまたイングランド中部の名もない小さな駅のホームにいても、ごく自然にその場にとけこみ、その風景の一部に包みこまれてしまう。

そういえば、梨木が出会っている人々のほとんども、また、異邦人である。核になるウェスト夫人にしてからそうで、彼女の下宿に集まる人々、そこを通過していく人々もまた、それぞれに異邦人だった。それはそこにやってくる人々がナイジェリアやコソボを祖国とする人々だったというにとどまらない。S・ワーデンの古くからの住人であろうと、日本でなくても英国だって、反核運動に加われば、その時点で異邦人であることを余儀なくされる。ウェスト夫人はその意味で、二重三重に異邦人である。異邦人であるか否《いな》かは、生を受けた土地にいるかどうかを問わない。祖国米国のニューヨーク州バッファローに暮らしてきた「ごく普通の市井の人」でありながら、ウェスト夫人の父親もまた、第二次大戦中、銃を持つことを最後まで拒んだことで異邦人とならざるをえなかったし、梨木が関西空港に向かう電車の中で出会ったカリフォルニア生まれの日本人もまた、米日両国で異邦人として生きることを強いられたひとりだった。

国家に「反逆」しなくても、政治活動に参加しなくても、気がつけば異邦人になっていた、という場合だってある。耳の聞こえない人々の間で育ったジョーだって、圧倒的少数者であるろう者の文化圏からやってきた女性だった(ちなみに、この章の最後に記された、ジョーの思いを受けとめた上での梨木のことば、「どこまでも巻き込まれていこう、と意志する権利」は英国の歴史小説家、ローズマリ・サトクリフが自伝『思い出の青い丘』に記した「傷つく権利」に匹敵するいいことばだ)。プリンスエドワード島に向かう列車の車掌にしても、イングランド中部の麦畑に囲まれた小さな駅の老いた駅員にしても、そのぶこつさ、不器用さ、実直さゆえに、今日という時代からとり残されそうな異邦人だった。イスラエルからカナダに移住してきたモシェとネハマの夫婦とその息子のムキだって、トロントで梨木が借家したときの家主のジョンだって、やっぱり二重三重に異邦人だ。そして、その地続きに梨木は時に幽霊だって見て、近しさを覚えている。異邦人は異邦人の中で懐かしさに包まれ、妖精のように自由である。

異邦人が用意するシェルターからシェルターへ、(シェルターの主は「西の魔女」に限らないのだけれど)梨木はひとり思索を重ねながら、旅をしていく。途中では時

でいるときの梨木はりんとしてつつましく、優雅で、気品がある。異邦人同士にむきになって、眉《まゆ》をしかめ、口をとがらせてしまうこともあるけれど、

日本にいても、なかなかに「故郷」を見出せない梨木にとっては、日本語もまた、時に心地よいだけのものではなくなる。

プリンスエドワード島への夜行列車の旅には日本人の同行者がいた。「室内から日本語が聞こえている気楽さは、くつろぎと、くつろぎすぎる落ち着かなさ、のようなものを同時に招く」（傍点清水）と梨木は書いている。

日本語にべったり寄りかかろうとはしない梨木だが、もちろん彼女は一方で自分の拠って立つ言語が日本語であることを深く自覚している。ニューヨークのロックフェラーセンター近くを英語を母語とする友人たちと歩いていた梨木は、紀伊國屋《きのくにや》書店のウィンドウいっぱいに日本語の本が飾られているのに気がつく。だが、同行の友人たちは誰ひとり、まったくそれに気がつかない。「大抵のものは一緒に感動しあえるのに、私が命のように大事に思っている日本語の世界を、彼らは知らない。このときほど彼らとの距離を感じたことはなかった」と梨木は書き、しかし、そのすぐあとに、「それはショックというのではなく、改めてはっきりと認識した、という目が覚める

ような思いだった」と記している。ショックではなく認識、という梨木のことばには母語への甘えを自分に許さない、ある種、矜持《きょうじ》ともいうべきものが感じられる。自らの母語を「命のように大事に思」いながら、そうであればこそ、なおのこと相対化していこうとする姿勢は、母語のほかに少なくとももうひとつの言語を意識して獲得した人にしばしば見られるもので、読みながら、時折須賀敦子《すがあつこ》の文章を思い出したのは、そのせいだったかもしれない。

獲得された外国語は母語の相対化をうながすだけではない。たとえば「玄関ドアの高さをフルに使って入ってきた彼」などというイメージあざやかな表現は梨木の獲得した英語に支えられてのものであろう。

それにしても羊や山羊《やぎ》の糞《ふん》の大きさを語るのに衛生ボーロを出してきたのには笑ってしまった。「嘆くつもりはない。変化に気づいたというだけのこと」などという余りにすきを見せまいとする書き方にふと小さな隔たりを感じる読者には、こんなたとえもちょっとうれしく、そうよ、もっともっとはだかになったって大丈夫、梨木香歩ならば、とひそかに応援したくなってしまう。

(二〇〇五年十二月、評論家・翻訳家)

この作品は二〇〇二年二月新潮社より刊行された。
「五年後に」は文庫版のための書下ろし。

春《はる》になったら苺《いちご》を摘《つ》みに

新潮文庫　な - 37 - 6

平成十八年三月一日発行
令和四年九月二十五日二十五刷

著者　梨《なし》木《き》香《か》歩《ほ》
発行者　佐藤隆信
発行所　株式会社 新潮社
郵便番号 一六二―八七一一
東京都新宿区矢来町七一
電話 編集部(〇三)三二六六―五四四〇
読者係(〇三)三二六六―五一一一
http://www.shinchosha.co.jp

価格はカバーに表示してあります。
乱丁・落丁本は、ご面倒ですが小社読者係宛ご送付ください。送料小社負担にてお取替えいたします。

印刷・錦明印刷株式会社　製本・株式会社植木製本所

ISBN978-4-10-125336-7 C0195